新典社選書95

続・能のうた

――能楽師が読み解く遊楽の物語――

鈴木啓吾著

新典社

翁

竹生島

難波

頼政

藤

身延

吉野静

安宅

梅枝

藤戸

放下僧

熊坂

融

鈴木三郎重家

目　次

はじめに……19
第1章 「翁」……21
第2章 「神」（初番目物）……35
龍田／竹生島／難波／三輪
第3章 「男」（二番目物）……89
清経／巴／通盛／頼政

第4章 「女」（三番目物） …… 131
井筒／采女／千手／羽衣／藤／身延／吉野静
第5章 「狂」（四番目物） …… 203
安宅／梅枝／小塩／鉢木／藤戸／放下僧
第6章 「鬼」（五番目物） …… 271
熊坂／善界／融／雷電
第7章 「番外」 …… 313
鈴木三郎重家
おわりに …… 327
参考・引用文献 …… 330

はじめに

「興味・関心がないわけじゃないんだけど、古典や歴史の勉強はちょっと苦手だったんだよねぇ」という方に、能ひいては和歌や漢詩の世界までを「チョイと楽しんで」いただくヒントになればとの想いで前著『能のうた』を上梓しましてから早五年が経ちました。私自身も、古典文学や日本の歴史、神道や仏教については未だに知らないことばかりで、能の舞台を勤めるたびごとに、その作品を通して背景となっている文学や歴史、宗教について今も少しずつ勉強を重ねております。

さて、今回取り上げましたのは、この五年の間に私が手掛けた曲、また前回の執筆の折にはよく纏まらずに見送ってしまった曲に加え、国文学研究資料館名誉教授の小林健二先生に監修していただき、平成三十年の春に私が復曲上演いたしました番外曲の『鈴木三郎重家』(『語《かたり》鈴木』)を合わせて二十七曲です。

今回も能の五番立てに則して神能(脇能)の初番目物、修羅の二番目物、鬘物《かづらもの》といわれる三番目物、現在物に代表される雑能《ざつのう》の四番目物、鬼の能の五番目物と五つの項目に分類いたしました。しかしながら、取り上げている曲に偏りがあり、初番の曲が『竹生島』と『難波』の二つしかなかったため、本来なら四番目に分類される『龍田』と『三輪』を、「神さま」のお話の括りで、謡本に記されている「略脇能」として初番の中に収めました。また今回は『翁』も取り上げております。この曲は五番立ての枠組みに入らない、別格の曲ですので、初番目物の前に別枠で入れさせていただきました。

本書には「えぇ？ そんな話、聞いたことないよ！」というような新解釈（珍解釈!?）が飛び出すこともあるかもしれません。こうした自由な私の空想・妄想と一緒に、皆さまにも想像の翼を広げて深読みを楽しんでいただけましたら何よりでございます。

世阿弥が「遊楽《ゆうがく》」と称した能……。この一冊が皆さまの「遊楽のひととき」を豊かに彩ることが出来ますよう願ってやみません。

観世流能楽師　鈴　木　啓　吾

第1章 「翁」

天下泰平、国土安穏、五穀豊穣の祈り。

翁

翁《おきな》

【能のうた】

瀧は多かれど
　うれしやとぞ思ふ
　　鳴る瀧の水
日は照るとも絶えでとうたへ
　やれことつとう

（『梁塵秘抄』四句神歌　四〇四）

『梁塵秘抄』は、後白河院撰の今様集。全二十巻のうち歌謡集が十巻、残りの十巻が音律の秘伝や芸歴などを記した口伝集。大半が散逸しており、歌謡集では巻第一の一部と第二のみ、口伝集では巻第一の一部と巻第十が現存している。

後白河院は鳥羽院の第四皇子で、崇徳院の弟。子には能『頼政』で知られる、平家追討の令旨を出した以仁王《もちひとおう》や、能『経正』でお馴染みの仁和寺御室《おむろ》御所で、平経正《つねまさ》や行慶僧都と共に成長した守覚法親王《しゅかくほっしんのう》、能『定家』のシテで、藤原定家と恋の噂があった式子内親王《しょくしないしんのう》がいる。平安時代末期を舞台とした数々の能の物語と切り離すことの出来ない重要な人物である。

この「瀧は多かれど」の歌はいくつかのバリエーションがあったようである。『平家物語』巻一・額打論の中では「うれしや水　なるは瀧の水　日は照るともたえずとうたへ」とされる。遊宴に囃す歌として藤原定家の『明月記』などにも記述が残され、延年舞の祝言歌として「嬉しや　とうとうと鳴るは瀧の水　日は照るともいつも絶えせじ」と歌われ、能『安宅』でも弁慶が富樫の前で歌い舞う件《くだり》にこの今様が引用される。

『翁』では千歳が舞う、その始めに「千歳：鳴るは瀧の水。鳴るは瀧の水日は照るとも。地謡：絶えずとうたりありうとうとうとう」と、まず歌われる。水の恵みの豊かさを表すのだとすれば、『翁』の謡に歌われる「とうとう」の音は、「滔々」と解するのが自然であろう。また、白式の翁の謡う「渚の砂。さくさくとして朝《あした》の日の色を朗（瓏）じ。瀧の水。冷々（玲々、冷々）として夜の月あざやかに浮かんだり」の、浜辺と瀧の対の表現は、さながら熊野、那智の浜辺と那智の瀧を歌っているかのようである。生きとし生けるすべてのものを支える命の水。それを象徴するかのような壮大なイメージの歌といえるかもしれない。

［現代語訳］

瀧はたくさんあるけれど。有り難いよね、嬉しいね。この鳴り響く瀧の水。

照りつける夏の日差しにも。絶えることなく滔々《とうとう》と。流れてゆくよ、ヤレコトット〜ヘイ！

【能『翁』】

＊あらすじ＊

『翁』は他の曲と異なりストーリーを持たず、「天下泰平」「国土安穏」「五穀豊穣」を祈る、祈禱の曲である。

楽屋、鏡《かがみ》の間《ま》に「翁飾り」と称して、神社で用いる八足台《はっそくだい》を二段に設え、上段中央に翁の白式尉《はくしきじょう》、三番叟（三番三）の黒式尉と鈴を納めた面箱を据え置き、その両脇に翁と千歳の烏《え》帽《ぼ》子《し》と扇、千歳の小刀《ちいさがたな》を置く。下段には三方《さんぼう》に御神酒、洗米、塩、素焼きの盃の土器《かわらけ》を置く。

開演の十五分程前より、「盃事《さかずきごと》」と称して、翁・三番叟・千歳・面箱・囃子方・後見・地謡の順に御神酒を頂き、洗米を食《は》み、塩を身体に振って身を浄める。「盃事」が済むと囃子方の「お調べ」が始まる。

後見は幕より橋懸りに出て舞台と見所《けんしょ》（＝客席）に切り火を切り、楽屋内にても翁から順に地謡まで切り火を切って場内の全てを浄める。

幕が上がり、狂言方の勤める面箱持を先頭に、翁、千歳、三番叟、囃子方、後見、地謡が本幕にて登場する。翁は舞台正面の先に止まり座する。このとき一同も座す。翁、深々と礼拝して立ち、笛座の前に行き、角《すみ》の目附け柱に向いて座ると面箱持が立ち、翁の前に行き面箱を据え置き、蓋を開けて白式尉の面を取り出し調える。調え終わると面箱持、千歳、三番叟は共に立ち、各々所定の座に着く。同時に囃子方、後見、地謡も立ち、各々の座に着いて演奏が始まる。

始めに翁が謡い、続いて千歳之舞となる。千歳之舞の中で翁は面を掛ける。千歳之舞が終わり、いよいよ翁が立ち上がり、祈禱の詞を謡い上げて翁之舞となる。天・地・人の三つの拍子を踏み、千秋万歳を寿ぎ、白式の翁の舞が終わる。翁は元の座に戻り、面を外し面箱に面を置き、再び舞台正面の前に出て座り深々と礼拝して千歳と共に幕に引く。

続いて三番叟が「喜びありや…」と、寿ぎの詞を述べ、掛け声とともに大地を呼び覚ますかのような「揉之段」を舞う。その後に黒式尉の面を掛け、鈴を持ち、穀物の豊かな実りを祈る「鈴之段」を舞う。舞い納めて黒式の翁の面を取り、面箱に納めて終演となる。

翁に限り小鼓は三人で勤める。真ん中がリーダーで、頭取《とうどり》という。両脇を脇鼓《わきつづみ》と称する。幸《こう》流では大鼓寄りを胴脇《どうわき》、笛寄りを露払いの手先《てさき》と称する。

一般的な演式は「四日之式」で、他に「初日之式」「二日之式」「三日之式」「法会之式」「十《じゅう》二《に》月往来《つきおうらい》」「父尉延命《ちちのじょうえんめい》冠者《かじゃ》」「弓矢立合《ゆみやのたちあい》」「舟立合《ふねのたちあい》」など、幾つもの演式がある。

季節：不定　　作者：不詳

＊解説＊

猿楽《さるがく》

現代の私たちが「能楽」と称している能と狂言は、明治時代を迎える頃まで「猿楽（申楽）」と称しておりました。この「猿楽（申楽）」の語源は「散楽《さんがく》」といわれ、対する語が、大陸から摂取した宮廷音楽…厳かで雅びな音楽と舞踊である「雅楽」と「舞楽」です。仏教の伝来と共に伝えられた、王朝の雅びな異国風の音楽、それが雅楽でした。聖武天皇が開基し、良弁《ろうべん》僧正が開山、インド人の僧侶である菩提僊那《ぼだいせんな》の開眼による東大寺の盧遮那仏開眼供養会《るしゃなぶつかいげんくようえ》では、朝廷の高位高官が参列し、およそ一万人にも及ぶインド・中国・日本の僧侶たちによる声明《しょうみょう》、数千人規模の楽人舞人による歌舞が奏されました。その中には「唐散楽」と呼ばれるものもありました。中国においては宗廟の祭礼や宮中の儀式で奏される「雅楽」に対して、娯楽の歌舞…百戯・幻戯と言われた曲芸・幻術・物真似などの雑技を「散楽」と称していたのです。

この言葉は日本においてもそのまま用いられ、奈良時代には官制の一機関である「雅楽寮」に付属して「散楽戸」と称される、国の教習機関が設けられておりましたが、延暦元年（七八二）にこの散楽戸が廃止された後、散楽は近衛府の官人に伝承された他、その音楽や舞・曲芸や物真似・滑稽の芸は、農耕の豊穣を祈る儀礼と深く接点を持って、庶民に広まり、やがて田《でん》

27　翁

翁

楽《がく》や猿楽へと発展してゆくこととなります。

田楽の特徴は、歌舞・音曲・軽業・曲芸でした。一方の猿楽は、語り・歌謡・対話による、語り物の物真似芸として平安時代から鎌倉時代に発展してゆきます。

その歴史の中で、神社での神事や寺院での法会の際に演じられる「延年」や「風流《ふりゅう》」などと影響しながら「翁猿楽」や「呪師《しゅし》猿楽」がまず生まれ、また田楽が猿楽の劇性や物真似を、猿楽が田楽の歌舞や音曲を取り入れ、双方が刺激し合います。南北朝期に入ると田楽や猿楽は、王朝の貴族文化的嗜好を取り入れつつ、同時に武家社会の文化的な好みに寄り添ったことで、あらゆる階層に人気を博す芸能となってゆきます。

大和猿楽四座

『風姿花伝』第四「神儀云」に、「大和国春日の御神事に相随ふ猿楽四座。外山《とび》　結崎《ゆうざき》　坂戸《さかど》　円満井《えんまい》」と記されております。大和猿楽四座は「長《おさ》」と呼ばれる、翁役を勤める長老役者を棟梁とする「翁猿楽」を演ずるための組織（「座」）であり、「長」だけが翁猿楽を演じました。

歌舞・音曲を取り入れた語り物の物真似芸や、滑稽な物真似芸の猿楽を演じる、庶民に人気の猿楽の役者たちは、この翁猿楽を演ずる「座」に所属（付属）し、神事能である翁猿楽の後に上演される余興の猿楽を勤めました。興福寺の薪猿楽や、春日若宮祭といった南都の神事猿楽、多武峰の八講猿楽への出勤・出演の権利や義務を負うのは翁猿楽の座であり、「長」でした。やや誇張した言い方かもしれませんが、神さまの身代りとも考えられた〈神聖な〉『翁』だからこそ、世阿弥も『申楽談儀』の中で「翁をば昔は宿老次第に舞けるを…」と、「一座の〈長老〉が勤めていた」と語っているようにも読めるのですが、そもそもシステムとして、神事の一環として「長」の勤めるのが翁猿楽だったのです。現在に伝わる能の流儀「宝生」「観世」「金剛」「金春」の、この四つの座は元々みな翁猿楽の座でした。

宗教性から娯楽性へ

猿楽の公演のシステムに大きな変化が起きたのが応安七年（一三七四）の、京都今熊野神社での神事能です。今熊野は平安時代の後期、後白河院がまだ天皇であった時に、遠い熊野までの参詣がなかなか叶わぬことから、神社の資材、境内の砂に至るまですべてを熊野から運ばせ、熊野の神さまを勧請して建てた神社です。この今熊野神社での結崎座の神事能に、時の足利三代将軍、文化芸術に強い関心を持つ十七歳の足利義満が出向きます。このとき、義満に観阿弥を引き合せようと画策したのが義満の側近である海老名南阿弥《えびななんあみ》という人物でした。初めて猿楽を見る将軍は、最初に舞台に出た者について「あれは誰か?」とお尋ねになるであろうから、いま巷で人気の大夫《たゆう》である貴方が「翁」を勤めるのが良いと観阿弥に進言します。観阿弥はそのとおりに「翁」を勤め（このときの「千歳」が十二歳の鬼夜叉、のちの世阿弥）、南阿弥の目論見通りこれが義満の目に留まり、以後義満は観阿弥世阿弥父子の庇護者となりました。この一件がキッカケとなり、一座の「長」が勤めていた「翁」を、以降は一座の大夫が勤めるようになったと言います。

この今熊野の神事能を契機に、これまで芸能者を抱えていた寺社や貴族階級だけでなく、武家階級もパトロンとして芸能を支えるようになり、また、本来神仏に捧げるための神事芸能であった翁猿楽の持つ宗教性とは別に、人間に向けた娯楽性という芸能の側面が社会的に大きくクローズアップされ、これ以降は神事芸能としての翁猿楽をもっぱらとする座と、「翁」も勤めるけれど、歌舞劇としての猿楽を興行として勤める演能グループの座とが、別れて活動するようになります。神事芸能としての翁猿楽の座は、「長」や「権守《ごんのかみ》」と呼ばれる人々を代表者とする年預衆《ねんよしゅう》が、「翁」を担当するというシステムが江戸時代の終わりまで続いたそうです。『申楽談儀』に「当世、京中、御前などにては、式三番悉《ことごと》くはなし。今は神事の外は悉くはなし」とあり、つまり「翁をいつも上演するわけではない。神事の時以外ではあまりやらない」と言っているのは、そのような理由があってのことのようです。

あれはなぞの翁ども

『翁』を最も神聖な曲とするからなのでしょう、「謹厳崇高」「厳粛荘重」を旨とし「高潔至純」の品位と「雄渾端厳」の格調を以って勤むべし…などと殊更に堅苦しい形容をされ、また実際の舞台を観ても、確かにそこにはえもいわれぬ緊張感と、凛と張り詰めた空気に溢れております。おそらくこの品位と格調、緊張感と張り詰めた空気感は江戸時代の武家式楽の中で育まれた質感で、この質感ゆえにこそ神聖な曲たり得ているのではないでしょうか。ただ謡の詞章を読む限りにおいては、その内容は眉間に皺を寄せ、難しい顔をして謡わねばならぬような難解・難儀なものでもなさそうです。

さてこの翁、いったいどういった人物なのでしょうか。君が代を寿ぎ、天下泰平・国土安穏を祈る翁はこう謡います。

　およそ千年の鶴は。萬歳楽と謡うたり。また萬代の池の亀は。甲に三極を備へたり。渚の砂《いさご》。さくさくとして朝《あした》の日の色を朗（瓏）じ。瀧の水。冷々（玲々、冷々）として夜の月あざやかに浮かんだり。天下泰平。国土安穏。今日《こんにち》の御祈禱なり。ありはらや。なぞの。翁ども

と、『翁』の作者はどうやら在原業平の影をチラつかせております。時代が奈良から平安へと移りゆく頃、雅楽寮に付随していた散楽戸が廃止されたことにより、雅楽・舞楽から切り離され、わずかに近衛府の役人によって伝承された宮廷音楽の中の散楽…、作者は右近衛府の中将

であった在原業平と散楽との接点を意識してこの曲を書いたのかもしれません。なお、これについて金春禅竹は、『伊勢物語』八十一段に描かれる、「かたゐ翁＝乞食の老人」のエピソードと猿楽の翁を重ねていたといいます。源融の大臣の六条河原院に現れ「塩竈にいつか来にけむ朝なぎに釣する舟はここに寄らなむ」と詠んで河原院の風情を寿いだという「かたゐ翁」と、その正体とされる在原業平は、猿楽の翁の変化《へんげ》であるとしていたというのです。これは、平成九年四月、橋の会の公演パンフレットの中で松岡心平氏が指摘されております。

鶴や亀といった長寿を象徴するものの寿ぎ（言祝ぎ）ということを考えてみますと、神や精霊、祖先の霊魂に一番近しい存在は、やはり長老なのでしょう。年月を経て、歌舞の菩薩と言われた在原業平は、ある種、神格化されており、「例えば…」といったところで翁のモデルには都合のよいキャラであったのかもしれません。

とうとうたらりたらりら

初めて『翁』の謡をお聞きになると、この怪しげな呪文の如きフレーズはいったい何なんだ？と頭が混乱する方も多いのではないでしょうか。

翁　：とうとうたらりたらりら。たらりあがりららりとう
地謡：ちりやたらりたらりら。たらりあがりららりとう

このコトバが何を意味するのか……。古来、舞楽の始めの清めの舞として演ずる「振舞《えんぶ》」の笛の譜「トートータアハアラロ…」ではないかとか、チベットの古語で祝言の陀羅尼《だらに》歌「トブーウ・タラリ・タラリ・ラ…」ではないかとか、いやいや古代の朝鮮半島の言葉ではないかとか、はたまた瀧の流れ落ちる音では？　など、いろいろに考えられておりますが、これぞ！　という決定的な答えは未だに聞かれません。そこが、この『翁』という曲を神秘的に感じさせる大事な要素となっているのだと私は思っております。

しかし、千歳が謡う今様の歌「鳴るは瀧の水。鳴るは瀧の水。日は照るとも。絶えずとうたりありうとうとうとう」を読みますと、やはり瀧の音、水の流れゆく音を表現しているとみてよいのではないでしょうか。『翁』の詞章を読み進めて参りますと、前項にも引用しました「渚の砂。さくさくとして朝の日の色を朗（瓏）じ。瀧の水。冷々（玲々、冷々）として夜の月あざやかに浮かんだり」と、再び瀧の描写が出て参ります。『翁』という曲の大事なモチーフとなっているのが「瀧」なのだと思われます。自然豊かな日本。滔々と流れる瀧は全国に幾つもあります。その中で、『翁』の作者は「渚の砂」と「瀧の水」を対句に謡います。海と瀧とがワンセットでイメージできるロケーション、最初の【能のうた】でも述べましたが、おそらく作者は紀州熊野の那智の瀧を意識しているのではないでしょうか。

「朝の日」と「夜の月」は陰陽でワンセット。翁も「白式の翁」と「黒式の翁」で陰陽のワンセット。天を仰ぎ、大地を踏みしめ、「天下泰平」「国土安穏」「五穀豊穣」を祈ります。いま私たちが生きるこの時代も、日々世界中に紛争が、自然災害が起こり続けています。天下が泰平であること、国土が安穏であること、五穀が豊穣であること。そうあることが難しい…だからこそ昔も今も変わることなく人は「平和への祈り」を捧げるのでしょう。

自然の声、神々の声を聞く……。『翁』はそんな曲です。

✣

✣

✣

＊「滝」の表記は、「滝」「瀧」の二通りありますが、謡本の表記に合わせ、「瀧」に統一致しました。

第2章　「神」（初番目物）

祝言をテーマにしたジャンル。
多く神々が主人公となる。

龍田
竹生島
難波
三輪

龍《たつ》田《た》

【能のうた】

龍田川紅葉乱れて流るめり
渡らば錦中や絶えなむ
（『古今和歌集』秋歌下　読み人しらず　二八三）

詞書《ことばが》きには「題しらず」とあり、また付記されている注釈には「この歌は、ある人、ならのみかどの歌なりとなむ申す」とあり、「読み人しらず」としながらも「平城天皇」の作であるという説も紹介されている。

能『龍田』では、龍田川を渡って龍田大社を参詣しようとする廻国の僧の前に一人の女性が現れ、川を渡ることの是非を問答する件《くだり》にこの『古今和歌集』歌が引用される。また、紅葉の季節も過ぎた今、紅葉の錦を断ち切る心配もなかろうと言う僧に対し女は、

龍田川紅葉を閉づる薄氷

渡らばそれも中や絶えなむ

の歌を引き合いに出し、くれぐれも神慮に叶わぬことのなきようにと注意を促す。
後者の歌は、藤原定家と同世代で、『新古今和歌集』の撰者の一人でもあった藤原家隆の歌で、家隆の私家集である『壬二集《みにしゅう》』に収められている。
能『龍田』は、この二首を物語の導入部に配し、さらにいくつかの歌を曲のそこここに散りばめ、龍田山の美しさを表現する。

［現代語訳］
龍田川には色美しい紅葉が散り乱れて流れているのでしょう。その川を渡ったりしたら、紅葉の錦を切断してしまうことになっちゃうんじゃないかしらん。

［家隆の歌の現代語訳］
紅葉の季節は過ぎ、龍田川に散った紅葉の錦は薄氷によって今は川底に色止め。川を渡るとせっかく色止めした錦をズタズタに切り裂くことになるんじゃないかな、やっぱり。

【能『龍田』】

＊あらすじ＊

龍田大社を参詣しようと、廻国の僧たち（ワキ・ワキツレ）が龍田川を渡ろうとする。そこへどこからともなく現れた一人の女性（前シテ）が川を渡ってはならぬと声をかける。その理由を尋ねる僧に「龍田川紅葉乱れて流るめり　渡らば錦中や絶えなむ」という古歌の心、また紅葉は龍田大社の御神木でもあるのだから、よくよく心しなくてはならないと応える。既に紅葉の季節も過ぎ、川には薄氷が張っているのだから問題なかろうと反論する僧に女は「龍田川紅葉を閉づる薄氷　渡らばそれも中や絶えなむ」と詠んだ、藤原家隆の歌もあるのだから不用意なことをしてはならないと諭す。その後、自らを巫女だと名乗った女は僧を龍田明神の山に案内する。御神木のいわれを語り、社社を案内した後、実は自身は龍田姫であると明かして女は社壇に姿を消す。（中入）

神前において通夜をする僧たちの前に龍田の姫神（後シテ）がその神々しい姿を現し、龍田の神が天の逆鉾を守護していること、瀧祭の神であること、天地が治まるこの御代、民が安全に豊かに暮らしていられるのもみな龍田の神徳であると語る。その後龍田の山の美しさを讃え神楽を舞い、天に上がるとみえて姿を消す。

季節：十一月（旧暦）　　作者：世阿弥（金春禅竹説有り）

＊解説＊

龍田比古《たつたひこ》・龍田比売《たつたひめ》

奈良県斑鳩の里、法隆寺のすぐ近くに龍田神社があります。能楽金剛流発祥の地を示す石碑が立つこの神社の元々の主祭神は龍田比古と龍田比売です。現在では、三郷町立野に鎮座する龍田大社の主祭神である天御柱命《あめのみはしらのみこと》・国御柱命《くにのみはしらのみこと》を、斑鳩町の龍田神社でも主祭神としてはおります。しかし同じ龍田の神社ではありますが、どうやらその祭祀の意図が異なる神社であったのではないかと思われます。

王権の成立以前の大和で最も強大な力を持っていたのは、宇陀の山脈から産出される鉱産資源を牛耳る三輪山（ミムロ山）の神であるオオモノヌシと、大和盆地内の水上物流の実権を持ったナガスネヒコでした（本書『三輪』の解説参照）。ナガスネヒコという名前は、脛が長いという意味で、同様の意味を持つ名前に七束脛《ななつかはぎ》、八束脛《やつかはぎ》、土蜘蛛などがあります。天孫降臨ののち、大和に王権を成立させた人々に服《まつろ》わず、周辺の山々に隠れ棲んだ先住の民を表す名前です。

周囲の山々から端を発し、盆地内を流れる川のすべてが最後に合流して生駒山と二上山の間を大阪湾へと続く大和川。そして吉野の山から流れる吉野川は、葛城山系の峰々の麓を和歌の浦へと続く紀の川となります。ナガスネヒコの勢力は大和盆地内にとどまらず、山の民のネットワークにより広大な範囲に及んでいたようです。そしてこの先住の民を代表するナガスネヒコとその妹のトミヤヒメは、後に大和に王権が成立するにあたり、服ろわぬ民の名を持ちなが

後シテ

らも王権側に大きな役割を果たします。王権と協調しつつも服ろわず、先住の民の暮らしを守った在地のリーダーを、龍田比古・龍田比売として長く地元で祭祀してきた…それが龍田神社なのだと考えられます。

天孫降臨の民、ニギハヤヒ

神武天皇が大和に王権を成立させる遥か以前から、大和に入っていた天孫系の民がニギハヤヒ（邇藝速日＝古事記、饒速日＝日本書紀・先代旧事本紀）です。父は天忍穂耳尊《あめのおしほみみのみこと》、母は栲幡千《たくはたち》千《ち》姫命《ひめのみこと》とされておりますので、初めて天孫降臨したニニギ（邇邇藝＝古事記、瓊瓊杵＝日本書紀）の兄弟になります。『先代旧事本紀』ではニニギの兄であるとし、その名を天照國照彦火《あまてるくにてるひこほ》明櫛甕玉饒速日命《あかりくしみかたまにぎはやひのみこと》と伝えております。このニギハヤヒは大和に入ってナガスネヒコの妹トミヤヒメを妻とし、ウマシマジ（宇摩志麻遅＝古事記、可美真手《うましまで》＝日本書紀、味間見《うましまみ》＝先代旧事本紀）を設けます。

ニギハヤヒは、ニニギが日向国《ひむかのくに》・高千穂に天孫降臨した際、共にやって来たと考えられます。この日向国とは、朝鮮半島から見て東に存在する国という意味です。また高千穂とは「たくさんの稲がよく育つ」という意味ですから、最初にニニギが天孫降臨して国造りの第一歩を踏み出したのは、今の福岡県辺りの肥沃な平野部であったと思われます。ここをまずは拠点にして在地の勢力と連携しつつ、大陸から攻め込まれにくい場所を求めて現在の宮崎県高千穂辺りに定着したのか、そこから九州全体に勢力を広めて隼人族、熊襲族とも交流していったのではないでしょうか。霧島にも高千穂の名が残るのは、ニニギの国造りが九州全域に及んでいたからでしょう。ただ最終の目的地は、丹塗りの原料となる辰砂・朱砂が豊富に産出され、大陸との交易で富み、外部からの勢力に攻め込まれにくい地形の大和盆地であったと思われます。その先遣部隊として大和に向かったのがニギハヤヒであったのです。

ニギハヤヒは大和に入った後、どのような経緯で在地の巨大な勢力を誇るナガスネヒコと打ち解け、妹のトミヤヒメを娶ることとなったのでしょうか。先住の縄文系の人々が、大陸からやって来た弥生人を手放しで受け入れるとは考え難く、何らかの利害関係の一致があり、また、これからの時代を共にしてゆく価値観の共有があったからこそ、ニギハヤヒは天孫系でありながらナガスネヒコ一族の中に受け入れられたのです。

ニギハヤヒは大和を目指すその道中、北九州から瀬戸内海の要所要所を経由して、大阪湾に至るまで、先住の民と争う「侵略」の姿勢を取らず、友好的な「交流」の姿勢で縄文系の人々の中には未だなかった弥生式の文化をもたらし、ニニギが新たな国の基盤作りを推進する九州と、大和との間にある瀬戸内海の安全な水上交通路を確保した、すなわち瀬戸内海の水軍と海上輸送の実権を得た…とします。大和と大陸間の交易を維持するためには、大和から大阪までの輸送経路、そして大阪から北九州までの輸送経路の安全の確保が最も重要な案件となります。大和と大阪を結ぶ物流をナガスネヒコが、大阪と北九州を結ぶ物流をニギハヤヒが担ったのだとすると、ここに利害関係の一致が生まれます。そして、弥生文化の恩恵を受けた先住の縄文系の民と、大和と大陸間との交易による利益を得た新規の弥生系の民が共存共栄できる、新たな国造りの方向性に、ニギハヤヒとナガスネヒコは共有する考え方を持っていた…、そんなふうに考えて以下、続けてみたいと思います。

神武東征

ニニギの直系の天孫による大和への侵攻が始まります。イツセノミコト（兄）と、イワレヒコノミコト（弟）は、ニギハヤヒが築いていた瀬戸内海の安全保障ルートにより、大阪湾までは難なく進軍して来ます。そしておそらくこの瀬戸内海ルートを通る間に、ニギハヤヒとの腹を割った、新たな国造りのビジョンの意見交換がなされていたと考えられます。例によって私の空想・妄想で、学術的な根拠は一切ありませんが、イツセノミコトは天孫族による、完全な大和の征服を図っており、イワレヒコノミコトは先住の民との協調・共生を前提として、ニギハヤヒやナガスネヒコ等との共同統治による王権の成立を表明していたのではないでしょうか。ただ、元より大和には絶大な力を持った縄文系のミムロ（三輪山）の神、オオモノヌシがいましたので、天孫の民による新たな国家の建設など、そう容易くミムロの神が容認するはずもありませんでした。

大阪湾から大和川を上り、大和の完全征服を図って強引に侵攻を推し進めたイツセノミコト軍に対しては、ニギハヤヒ・ナガスネヒコの連合軍も徹底して攻撃し、これを撃退します。この戦いでイツセノミコトは敗死し、その後に東征軍の大将となったイワレヒコノミコトは大和川からの大和侵攻を中止します。このときイワレヒコとニギハヤヒ、ナガスネヒコとの間には、新たな国家の建設にあたり、ミムロの神を納得させるための秘策の協議がなされていたのだと思われます。頑なに弥生系の天孫族を拒むミムロの神オオモノヌシ。彼を納得させる方法があるとすれば、それは熊野の神がイワレヒコの保証人となること。熊野の神のお墨付きがあればミムロの神も受け入れてくれるであろう…これがわざわざ大阪から和歌山を南下し、熊野から深い山々を越えて吉野、そして宇陀、桜井を抜けて三輪山の眼前から大和に入った理由だと思われます。ナガスネヒコの持つネットワークから考えて、紀の川~吉野川ルートで大和に入ることだってもちろん可能だったはずですが、これをせずに敢えて大変な道のりである熊野ルートを選んだのには、ミムロのオオモノヌシの理解を得なければならない、そんな事情があったからなのでしょう。

このとき、イワレヒコの一行にはナガスネヒコやニギハヤヒに与《くみ》する、カモノタケツノミノミコトをはじめとする葛城山系や熊野の豪族たちが同行し、山の中の道案内をしてイワレヒコを大和へと導きます。イワレヒコに協力した、この在地の先住の民を象徴したものが八咫烏《やたがらす》であろうと考えられます。八咫烏については諸説ありますが、八咫烏の三本の足が象徴するもの…、そこにはイワレヒコの神武天皇たちのようなニニギの直系子孫である「天孫」、ニギハヤヒとその子のウマシマジのような、天孫降臨に同行した神々の子孫である「天神」と、ナガスネヒコやカモノタケツノミノミコト、オオモノヌシに代表される天孫降臨以前から土着していた神々の子孫である「地祇《ちぎ》」が、その後共同して国造りにあたっていった様をも象徴的に表しているように思われるのです。

天御柱・国御柱

ミムロのオオモノヌシは決してよい顔はしませんでしたが、熊野の神さまの理解と協力を得てイワレヒコこと神武天皇を初代とする王権が大和に出来ました。在地の先住の民たちも、変わらず服ろわぬグループもあり、或いは王権側に協調・協力するグループもありと、立場はまちまちでした。またその一方で王権側には不可思議な流れがみてとれます。第二代の綏靖《すいぜい》天皇から、第九代開化天皇までの八人の天皇が『古事記』『日本書紀』の中で、系譜はあってもその事績が記されていないのです。これを「欠史八代」と称します。かつては第十四代の仲哀天皇とその后の神功皇后までの存在が疑問視され、欠史十三代ともいわれましたが、第十代の崇神天皇以降の実在性は高いと判断され、現在では第二代から第九代までの実在を疑う「欠史八代」説が主流となっております。

初代の神武天皇がハッキリとしているのに、なにゆえ二代から九代までが不明になっているのでしょうか。後世になって、そのあたりを明らかにしたくはない事情がそこにはあったのかもしれません。イワレヒコの神武天皇がニギハヤヒとナガスネヒコとの間で交わしていた約束…先住の民との協調・共生を前提とした共同統治を、仮に実現するとしたらどうなるでしょうか。ナガスネヒコ一族は国の防衛を任される重要なポストを任され、イワレヒコと同じく天孫系のニギハヤヒは交代制、もし他にも相応しい人物がいたとすれば、或いは輪番制で天皇になるというシステムを推進した可能性も考えられます。

天武天皇が発した歴史編纂の詔《みことのり》によって始まったプロジェクトが、元明天皇の和銅五年（七一二）に完成した『古事記』、そして八年後の元正天皇の養老四年（七二〇）に完成した『日本書紀』でした。この記紀の編纂にあたっては、天武―持統―文武―元明―元正―聖武と続くこの天皇の時代に律令制度を確立し、奈良という一時代、そして以後千年に及ぶ藤原氏の栄華の礎を築いた藤原不比等《ふひと》という人物が、大きく関わっていたようです。『古事記』や『日本書紀』は「日本は神武天皇よりこの方、万世一系の天皇が支配する」とする皇国史観の立場で編集されているわけではありませんが、歴史として残すべきと不比等が判断すれば意図的に残し、わざわざ残さなくてもよいものは、気がつかれないように流してしまう…、そんな編集を施したことで、系譜としては万世一系のようでいて、結果的に「欠史」が作られてしまったと考えられます。この欠史の間が神武系とニギハヤヒ系の交代制（或いは輪番制）による新天皇の即位であったのではないでしょうか。ところが、何らかの事情があって、ある代からニギハヤヒの系統が神武の系統に皇位継承の権利を譲り、以降は神武の直系による皇位継承となった…とすれば、そこが第十代崇神天皇であったのでしょう。そして、皇位継承の権利から身を退いたことこそが後に記紀に記される大和の「国譲り」の物語となったのかもしれません。ニギハヤヒによる「国造り」と「国譲り」の貢献により天孫の民による新たな国家を形成しえたこと。天武天皇はこのニギハヤヒの功績を讃え、天孫の民の柱、新たな国の柱となった人物という意味で、天御柱・国御柱と名付けて龍田に国家祭祀します。また、在地の豪族ナガスネヒコに対しても、その功績と以後の働きに対し国家としての丁重な祭祀が必要と考え、龍田にほど近い河合町窪田の広瀬神社に祭祀するのですが、後には在地の勢力に対する表向きの祭祀はしにくかったのか、広瀬神社の主祭神をナガスネヒコではなく、その妹トミヤヒメをワカウカノメノミコトとして祀っております。

さてニギハヤヒが国造りに貢献した事蹟からか、イザナギ・イザナミが大八洲を創造した際に用いた「天の御矛」を龍田明神が預かり、その「天の御矛」を守護する龍田明神の坐す山を「寶山」と称するようになります。能『逆矛』はその伝承を元に作られた能ですが、かつて龍田大社の社務所で神社の方に伺ったところ「龍田明神が天の御矛を守護している話も、龍田山を寶山と称するいわれもありません」との回答でした。現に龍田大社の主祭神である天御柱命・国御柱命はシナツヒコ・シナツヒメであるとし、龍田大社の由緒にニギハヤヒの名はみえません。シナツヒコは、イザナギ・イザナミの神産みによって現れる神で、風の神とされています。『古事記』『日本書紀』の中では、服ろわぬ者たちをことごとく殺して大和を征服した神武天皇。友好的な関係に記されているのは、吉野の山の民（吉野の国栖の祖先）だけです。記紀による記述は先住の民を平定・服従させた形に編集しておりますので、国家の重要な祭祀で表向きナガスネヒコを祀ることには障りがありましたし、例え天孫系とはいえニギハヤヒも、大和に入って来た神武天皇の家来として仕えさせたとする経緯があったからか、表立って祀ることが憚られ、その実態を隠して、「悪しきものを吹き払い、良風を以って国を守る」風の神としたのでしょうか。

広瀬神社の大忌祭と龍田大社の風神祭。国家を挙げての格式高い二つの祭祀でありながら、本来の主祭神たるべき二人の真の姿、すなわち神武天皇が大和に王権を成立させるにあたっての立役者ともいうべきナガスネヒコとニギハヤヒを、そこには直接的に表すことの出来ない政治の裏の事情があったのです。

詩的感興

さて、能『龍田』の歴史的背景を探るのにだいぶ時間を費やしてしまいました。この曲は冒頭の【能のうた】の項でもふれたとおり「龍田川紅葉乱れて流るめり 渡らば錦中や絶えなむ」と「龍田川紅葉を閉づる薄氷 渡らばそれも中や絶えなむ」の二首を芯に置いて、全体に幾つもの和歌を散りばめ、龍田山の四季の彩り、殊に紅葉の美しさと、冬の凛とした透明な空気感の中に龍田姫の神秘性と神々しさを表現しております。

謡曲の本文の中に詠み込まれた歌を【能のうた】方式でここでご紹介したいと思います。

秋篠やとやまの里やしぐるらむ
　生駒のたけに雲のかかれる
　　　　　　（『新古今和歌集』冬歌　西行法師　五八五）

題しらずとした歌。

［現代語訳］

秋篠の辺り。山すその里では時雨が降ってるんでしょうねぇ。だってほら、生駒山に雲がかかっておりますから。

このたびは幣もとりあへず手向山
紅葉の錦神のまにまに

（『古今和歌集』羇旅歌　菅原道真　四二〇）

「朱雀院の奈良におはしましたりける時に、手向山にてよみける」と詞書きされる『百人一首』にも採られた歌として有名。

［現代語訳］
このたびの旅では、旅の無事を祈って神さまに手向けるための幣の用意が叶いませんでした。この手向山の紅葉をそのまま幣として手向けます。どうか神の御心に叶いますように。

盗人のたつたの山に入りにけり
同じかざしの名にやけがれん

（『拾遺和歌集』雑歌下　藤原為頼　五六〇）

「廉義公《れんぎこう》家の紙絵に、旅人の盗人にあひたる形描ける所」と詞書きされた歌（廉義公は平安中期の公卿、藤原頼忠《ふじわらのよりただ》の 諡《おくりな》）。旅人が盗賊に遭った絵を見て、龍田山には盗賊が出るという噂を思い出し、もしその龍田山に足を踏み入れたりしたら、自分も盗賊の一味と思われやしないか…と、心配している歌。

［現代語訳］
盗賊が出るっていう龍田山に踏み込んじゃった。木々の枝葉を隠れ蓑にしてやがるぜ、あいつ…って、変な噂を立てないでよ、ボクは盗っ人なんかじゃないんだから！

51　龍　田

年ごとにもみぢ葉流す龍田川
　みなとや秋のとまりなるらむ　　『古今和歌集』秋歌下　紀貫之　（三一一）

「秋のはつる心を龍田川に思ひやりてよめる」と詞書きされた歌。つまり「秋が逝ってしまうなぁという気持ちを、龍田川の様子を思い浮かべて詠んだ」というので、まったくの空想で詠んだもの。

［現代語訳］
毎年こうして紅葉の葉を水面に浮かべて流れる龍田川。河口の港辺りでは、秋がさながら「長期休暇」といったところでしょうね。

今朝よりも龍田の桜色ぞ濃き
　夕日や花に時雨なるらむ
（『弘長百首』春歌　花　九条基家）

『弘長百首』は別名を『七玉集』ともいい、鎌倉時代中期に活躍した七人の歌人、西園寺実氏、九条基家、衣笠家良、融覚、二条為氏、藤原行家、寂西の歌を百首集めた和歌集。能『龍田』は冬の曲であり、能を観る人々の脳裏には鮮やかな紅葉の景色が広がっているところに、能の作者はそこにポンとこの春の歌を投げ入れる。この歌を配することで、龍田の四季折々の美しさ・華やかさを強く印象付けることができる、巧みな引用だといえる。

［現代語訳］
龍田山の桜、今朝よりも何だかんだ色が濃くなっております。秋に時雨が降ると紅葉の色が濃くなるように、この夕日が桜にとっての時雨の役割りを果たしているんでしょうかねぇ。

神なびのみむろのきしや崩るらん
　龍田の河の水のにごれる
（『拾遺和歌集』物名歌　高向草春　三八九）

部立の「物名《もののな》」は、物の名前を歌の中に隠して詠む、遊びゴコロを盛り込んだ歌。この歌では「椌《むろ》の木」を隠し詠んでいる。ただ、物の名を詠みこむことが目的の歌となっているため、内容としては今一つ深みに欠ける。

歌に詠まれた「神奈備」「三室」とは、もともと龍田大社が鎮座していたのは、今の龍田山の西側の三室山であったことにちなむ。この三室山というのは「神の坐す山」の意で、同様に三輪山も「ミムロ山」「ミモロ（三諸）山」という。「神奈備」というのも同様の意味で、大御和（三輪）の神奈備、葛木の鴨の神奈備、飛鳥の神奈備などという。

［現代語訳］

神の坐す、龍田川上流の生駒の三室山の岸が崩れたのでしょうかね。龍田川の水が濁ってますよ。

神楽の舞

能『龍田』でも能『三輪』と同じく「神楽」を舞います。「神楽」という楽曲は、全体が五段の構成となっており、前半部分の三段は巫女ないし巫女的な存在の女性の舞う「神楽」ですが、後半の二段は男性の神が舞う「神舞」となっております。これは、神慮を清《すず》しめるための神楽を舞う巫女に、神が憑依してくる様をかたどった舞です。『龍田』では、龍田姫の舞に龍田明神すなわちニギハヤヒが憑依してくるという演出ですが、小書《こがき》「移神楽《うつりかぐら》」の演出では五段すべてが神楽の構成で、「神楽留《かぐらどめ》」は前半の三段構成の神楽のみで「神舞」部分はありません。この小書演出のときにはニギハヤヒが憑依することはなく、最初から最後まで龍田姫が舞っている設定となります。「神楽」を舞っているのに、本体の神を出さないというのは、あくまでもその「神楽」を舞っている龍田姫だけにスポットを当てる狙いからだと思われます。特に「移神楽」の場合、常《つね》は御幣で舞う「神楽」を扇で舞います。となりますと、もはや本体の神の神慮を清しめる目的ではなく、当人のための舞と考えてよいでしょう。文章の流れから、舞う舞はやはり「神楽」なのですが、感覚的にはいわゆる鬘物で「序之舞」を、あるいは能『絵馬』で天照大神が舞う「中之舞」を舞っているような感覚といってもよいかと思います。

『古今和歌集』の仮名序には「秋のゆふべ、龍田河にながるゝもみぢをば、みかどのおほむめに錦と見たまひ、春のあした、吉野の山のさくらは、人まろが心には雲かとのみなむおぼえける」と記されております。楓や桜などの四季を司る神とされている龍田姫。龍田の遠い昔の歴史に想いを馳せつつ、女神の舞の美しさ、神々しさに心洗われる一曲です。

＊「たつた川」には、竜田川、龍田川と二通りの表記がありますが、この項では謡曲の表記に揃えて「龍田川」に統一しております。

竹生島《ちくぶしま》

【能のうた】

時知らぬ山は富士の嶺《ね》いつとてか
鹿《か》の子まだらに雪の降るらむ
（『新古今和歌集』雑歌中　業平朝臣　一六一六）

『伊勢物語』九段、駿河国《するがのくに》で詠まれた歌の二首めに上げられ、「富士の山を見れば、五月《さつき》のつごもりに、雪いと白う降れり」として詠んだ歌。この歌の前後には三河国八橋で詠んだ「から衣きつつなれにしつましあれば……」（能『杜若』に引用）、隅田川で詠んだ「名にし負はばいざこととはむ都鳥……」（能『隅田川』に引用）があり、能にはなじみの深い昔男の足どりの一つである。

この「時知らぬ」歌を踏まえ、能『竹生島』では「山々の、春なれや花はさながら白雪の。降るか残るか時知らぬ。山は都の富士なれや……」と、琵琶湖を舟で渡りつつ、比叡の山を見てこう綴る。

［現代語訳］

季節ってものを知らない山っていったら富士山だよねー。もう五月の終わりだっていうのに、いまだその嶺に残る鹿の子まだらの斑点模様、いったいいつ降ったときの雪なのさ。

【能『竹生島』】

＊あらすじ＊

延喜の帝（醍醐天皇）に仕える臣下（ワキ）が近江国《おうみのくに》、琵琶湖の竹生島の明神を参拝するために琵琶湖畔、真野の入江にやって来る。そこへ年老いた漁夫（前シテ）と若い蜑女《あま》（前ツレ）が舟に乗って現れる。便乗させてほしいと頼む臣下に、霊地巡礼のためならば…と、漁夫と蜑女は臣下を舟に乗せる。春の長閑な湖水を舟は走り、竹生島に着くと漁夫は蜑女を伴いつつ、臣下を弁才天に案内する。「この島は女人禁制と聞いているが、何ゆえこの蜑女どのは同行されているのです？」と尋ねる臣下に、漁夫は「この島の明神である浅井姫のご本地は大日如来とも阿弥陀如来とも、久遠実成の如来ともいわれ、女人こそお参りすべきなのです」と言うと、「そんなややこしいことを言わずとも、そもそも弁才天は女なのですから、その救いに男女の隔てはありません」と蜑女は言う。そして自らは人間ではないと明かして蜑女は社殿に姿を消し、漁夫はこの湖の主であると告げ波間に姿を消す。（中入）

程なく社殿が鳴動し、光輝くや、弁才天（後ツレ）が現れる。虚空には花が降り、妙なる音楽が流れ、弁才天が舞（天女之舞）を舞う。やがて波風が湖面を鳴動させ、龍神（後シテ）が現れ、金銀珠玉を臣下に与え、豪快にその勢いを示す（舞働）。弁才天と龍神がそれぞれに衆生を救済し、国土を鎮めているのだと述べ、再び弁才天は社殿に、龍神は湖水へと姿を消してゆく。

季節：三月（旧暦）　作者：不詳（金春禅竹説あり）

＊解説＊

竹生島宝厳寺

琵琶湖の湖北に浮かぶ、周囲わずか二キロメートル程の小さな島、竹生島。この島が神仏の坐す島として人々の尊崇を集めるようになった歴史を遡りますと、『帝王編年記』に、夷服《いぶき》（伊吹）岳と浅井《あざい》岳が高さを競い合い、負けてしまった夷服岳が浅井岳の首を斬り落とし、これが竹生島になったという伝承がみえます。この言い伝えをもとに竹生島にアザイヒメが鎮座、水の神として祀られるようになったというのがその最初のようでございます。

神亀元年（七二四）、聖武天皇は「江州湖中に小島あり、弁才天降臨の聖地なり。堂塔伽藍を建立して祭供すれば、国家泰平五穀豊熟万民利益多からん……」と、天照皇大神からの御神

前場、舟の中

59　竹生島

後シテ

託を受け、僧行基《ぎょうき》に詔を下して竹生島に堂塔を開基させたといいます。その後、もともと鎮座していたアザイヒメと仏教の守護神である弁才天とが習合して広く信仰されるようになったようです。

弁才天

弁才天は、もともとヒンドゥー教の女神であるサラスバティです。それが仏教の中に入り弁才天となりました。サラスバティとはサンスクリット語で「聖なる川」を意味しており、水辺に坐《いま》し、言葉や音楽つまり学問や芸術を司る神さまです。弁才天の「弁」の字は、旧漢字では「辯」と記します。これは弁才天が「言葉」を司ることに由来します。また、川がとどまることなく流れゆくものを象徴することから、後世「才」の字に「財」を当て弁財天と書き、商売繁盛の神さまにまで拡大解釈されるようになりました。サラスバティが弦楽器（北インドのシタール、或いは南インドのヴィーナのような楽器）を持つ図像から、日本の弁才天さまは琵琶を手にしている像が一般的です。ところが竹生島に祀られております弁才天さまは、私たちがよくイメージする琵琶を手にした弁才天さまのそのお姿とは少々異ります。八臂《はっぴ》（八本）の御手にはさまざまな武器や法具を持っております。これは仏法を護るためのものですが、或いは湖上の安全、更には天下の泰平のための道具とも考えられるかと思います。またその頭上には、鳥居と法輪の飾りの冠の内に翁の頭部を持った蛇…宇賀《うが》福神がトグロを巻いております。宇賀福神は五穀豊穣を司り、古くから琵琶湖周辺の地で信仰されていた蛇神のようです。先の浅井《あざい》姫命《ひめのみこと》、そして弁才天・宇賀福神が習合した独特のスタイル、それが竹生島の弁才天さまとなっているようです。

平経正《つねまさ》の竹生島詣

能『竹生島』では、琵琶湖の龍神と弁才天とが登場します。後の場面では本体の姿ですが、前場では仮の姿として龍神は漁師の翁、弁才天は年若い蜑女《あま》として現れます。この龍神は『平家物語』巻第七「竹生嶋詣」にある、平経正が竹生島を訪れた折のエピソードを下地にしつつ、能の作者がイメージを膨らませて描写しているようです。

寿永二年（一一八三）四月十七日、平経正は木曽義仲追討の副将軍として北国に赴きます。その路の途中琵琶湖の畔にて、供の有教《ありのり》に「あれは如何なる嶋ぞ」と尋ねると、「あれこそ聞こえ候ふ竹生嶋にて候へ」と教えられ、有教をはじめ六人の供の侍を連れて竹生島に渡り参拝します。その夜経正が琵琶を弾くと、妙なるその音色に感応した竹生島の明神が白龍の姿となって経正の衣の袖に顕れた…というものです。この白龍は琵琶湖の龍神のようでもあり、また先述の白蛇の宇賀福神のようでもあります。宇賀福神、身体は蛇でありながらその頭部はなぜか翁なのです。ですので、能『竹生島』の前場において仮に人の姿となって現れるとすると、やはりお爺さんの姿が相応しかったのでしょうか。もっとも、神能の前シテは尉（お爺さん）の姿というのが「お約束」といってよいほどに、多くの神能の前シテはお爺さんですから、この出立ちにことさら特別な意図を感じ取るのは難しいかもしれませんが……。

一方の弁才天さまは何ゆえ前場で若い蜑女として登場しているのでしょうか？　能『高砂』や『絵馬』のように、前シテと前ツレが夫婦一対の設定であれば尉と姥の組合せとなるのが自然です。昨今では相当な年の差婚というものが随分と世間にはありますから、さして気にならない…なんて方もあるかもしれませんが、片方が尉で、もう一方が若い女というのは客観的にみてやはり不自然に映るのではないでしょうか？　となりますと、「これは決して夫婦一対などではないぞ」という能の作者の主張を感じずにはおられません。はてさて、どのような主張なのでしょう。先にご紹介しました『平家物語』巻第七「竹生嶋詣」の中には「或る経の文《もん》に云く、閻浮提《えんぶだい》の内に湖有り、其の中に金輪際《こんりんざい》より生ひ出でたる、水精輪《すいしょうりん》の山有り、天女栖む所と云へり。則ち此の嶋の御こと也」と記され、弁才天＝天女とされています。また竹生島の明神といわれますのも弁才天のことですから、先の経正のエピソードと併せて考えてみますに、少々ややこしいのですが、竹生島の明神＝白龍＝弁才天＝天女と捉えることができるかと思います。となりますと、前場での漁師の翁と若い蜑女の組み合わせも、後場の龍神と弁才天の組弁才天そのものなのである…と、能の作者はそんなことを考えて作っているのかもしれません。

み合わせも、本質において同一とみることが出来ます。尉も蜑女も、そして龍神までもが実は

いかにこの舟に便船申さうなう

ワキの延喜帝（醍醐天皇）に仕える臣下は、琵琶湖畔で釣り舟をみつけ声をかけます「いかにこの舟に便船申さうなう」。いわゆるヒッチハイクです。タダで乗せてくれというんです。そこでシテも「これは渡し舟にてもなし。御覧候へ釣り舟にて候よ」と応えます。するとワキは「こなたも釣り舟と見て候へばこそ便船とは申せ（現代語訳：わかってるサ、だからこそ銭を払って乗るなんぞ言ってやしないじゃないか、タダで乗せてくれよ）」と切り返します。何だか随分とケチんぼな人のようですが、これは大事なこだわりなのですね。続く「誓の舟に乗るべきなり」は「仏の弘誓《ぐぜい》済度の舟に乗るんだ！」という意思の現れで、竹生島を彼岸に見立てておりますので、『法華経』にある「渡りに舟」の喩えの如く、仏の法の舟に乗るのなら、船賃を払って乗る渡し舟では「銭金の力で、強引に彼岸に渡る」ような感じとなってしまう、それは本意でないので、あなたの釣り舟に便乗させてくださいな…ということなのでしょう。それにしても、このワキは真野の入江でヒッチハイクしたわけですが、なぜ真野だったのでしょう。真野は琵琶湖のかなり南側の入江です。船賃を払って乗る渡し船がそこから出ていたのかもしれません

が、真野から一番湖北の竹生島まで、ぎっちらこっちら小さな釣り舟の櫓を漕いで渡りますと、丸一日漕いでも辿り着かないのではないかと思いますが……。もっと湖北まで行ってから釣り舟ヒッチハイクでは駄目だったのでしょうか、ちょっと不思議な感じです。

面向不背の珠《めんこうふはいのたま》

能『海士《あま》』に描かれております、唐の高宗皇帝から藤原家の菩提寺である興福寺へ贈られた宝物の一つで、龍宮に取られてしまった「面向不背の珠」。それを取り返しに行った藤原不比等《ふひと》は讃岐国《さぬきのくに》志度の浦の海士との間に子を儲け、その子を藤原家の嫡子とすることを約束、海士は命をかけて明珠を奪還いたします。取り返された珠は不比等の手により興福寺に納められ、海士との間に生まれた子は志度の浦の地名にあやかり「房前《ふさざき》」と名付けられ、後に藤原北家となる藤原家の本流となります。その明珠「面向不背の珠」は現在竹生島の宝厳寺にあり、宝物館に常時展示されております。「なぜ宝厳寺に⁉」と、思われるかと思いますが、竹生島宝厳寺は聖武天皇の勅願により建てられましたのは先にご案内のとおりです。藤原不比等が養女宮子（この方は紀州道成寺の縁起によれば、九海士《くあま》の里の海士の子といいます）を文武天皇に嫁がせ、生まれましたのが聖武天皇です。また聖武天皇の皇后である光明皇后は藤原不比等の娘の藤原安宿媛《あすかべひめ》です。つまり、聖武天皇は母も不比等の娘で、妻も不比等の娘という、まさに藤原家の天皇であったのです。そんな経緯から藤原家のお宝の一つである「面向不背の珠」を、竹生島宝厳寺創建にあたり奉納されたのかもしれません。

「玉中に釈迦の像まします。何方《いづかた》より拝み奉れども同じ面《おもて》なるに依って。面を向ふに背かずと書いて面向不背の珠と申し候」と『海士』に記されてます。竹生島宝厳寺の宝物館では、珠は厨子の中に納められ、四方向の扉が開けられています。厨子の四方の柱に合わせ、珠自体も火焔の装飾により中が四つのブロックに仕切られ、その中にそれぞれ釈迦三尊像が納められた作りになっております。四方向でお釈迦さま四体の像かと思いきや、三尊像×四方向で、都合十二体もの像を入れた珠であること、その精巧さにビックリさせられます。

✤　✤　✤

「緑樹影沈んで。魚木に上る気色あり」と謡曲中に謡われるように、鬱蒼と繁る樹々の緑が湖面に映る美しい島。江ノ島、厳島、竹生島とあわせ、「日本三弁才天」といわれております。

なお「女体」の小書《こがき》（特殊演出）がつきますと、後の場面は弁才天がシテとなり、「楽」の舞を舞い、荘厳な雰囲気が際立つ演出となります。

難波《なにわ》

【能のうた】

高き屋に登りて見ればけぶり立つ
民の竈はにぎはひにけり
（『新古今和歌集』賀歌　仁徳天皇御歌　七〇七）

「貢物許されて国富めるを御覧じて」と詞書きされた歌。この歌は、仁徳天皇の仁政のエピソードを広く世に伝える歌で、能『難波』の前場、クセの冒頭に引用されている。

仁徳天皇四年、仁徳天皇が高殿に登って辺りを一望するも、民の家々から炊煙が上がっていないことに気づく。先先代の仲哀《ちゅうあい》天皇の皇后であった神功《じんぐう》皇后に始まり、先帝応神《おうじん》天皇の時代の度重なる朝鮮出兵により国力は著しく疲弊していたのである。そこで仁徳天皇は三年の間課税を停止して国力の回復を図り、また自らもギリギリまで質素倹約に努めたといわれている。こうして三年が経ち、人々の生活が豊かになったとき、仁徳天皇が再び高殿に登って辺りを見渡したときの光景を詠んだ歌がこの歌である。

［現代語訳］
高殿に登って、こうして辺りを見渡してみると、おおぅ、昇るは昇るは炊事の煙が……。三年前の困窮が嘘のようじゃな。民の竈は大繁盛じゃ、よかったよかった(^^)

【能『難波』】

＊あらすじ＊

熊野に年越しの御籠もりをした臣下（ワキ・ワキツレ）が、新年を迎え都に戻る途中に難波の里を訪れると、梅の木陰を掃き清める老人（前シテ）と若い男（ツレ）に出会う。殊更にその梅を愛でる風情に、「これは名木なのか？」と尋ねる臣下に、老人と若い男は『古今和歌集』の仮名序に記された六義《りくぎ》の最初、「諷歌《そえうた》」の例として難波の梅の歌が挙げられているのだから、今さら名木などというまでもないと応える。そしてこの「難波津に咲くやこの花冬ごもり……」によそえられた大鷦鷯尊《おおさざきのみこと》、すなわち仁徳天皇の仁政について語り、雅楽「春鶯囀《しゅんのうでん》」を奏でようと言う。不審に思った臣下が二人の素性を尋ねると、若い男は梅の精、老人は大鷦鷯尊に即位を勧めた百済からの渡来人の王仁《おうにん》（能では「おうにん」と読む）であると明かして姿を消す。

（中入）

梅の木陰で臣下たちが待ち受けていると、木華開耶姫《このはなさくやひめ》（後ツレ）と共に王仁（後シテ）が現れ舞を舞う。「春鶯囀」「秋風楽」「萬歳楽」…と、舞を重ねて今上の御代を寿ぐ。

季節：一月（旧暦）　作者：世阿弥

＊解説＊

仁徳天皇と王仁

四世紀の後半頃、神功皇后が朝鮮半島に出兵して以降、次の応神天皇も頻りに朝鮮半島に兵を出し、積極的な武力外交を行います。高句麗や新羅、そして百済から多くの物や文化、技術を輸入、同時にそれらを伝えるための文化・知識人、技術者を呼び寄せました。応神天皇十六年、皇太子である菟道稚郎子《うじのわきいらつこ》の学問の師として百済から王仁《わに》を招きました。『古事記』によれば、このとき王仁は『論語』十巻と『千字文』一巻を日本に伝えたそうです。『千字文』とは、漢字の学習参考書のようなものです。王仁博士と称され、学問・占い・音楽など、さまざまなジャンルに精通していたようです。

応神天皇は菟道稚郎子を皇太子と定めておりましたが、菟道稚郎子には大鷦鷯尊《おおさざきのみこと》という兄がありました。大鷦鷯尊は幼少期から極めて聡明で叡智に溢れ、仁孝の徳のある方で、応神天皇が菟道稚郎子を皇嗣と定めた後は、弟をよく補佐したといいます。応神天皇が崩御した後、菟道稚郎子は即位することなく、兄の大鷦鷯尊に皇位を譲ろうとします。しかしながら父・応

69 難 波

後シテの王仁、右は後ツレ木華開耶姫

神天皇の定められたことに背くことはならぬと、大鷦鷯尊は弟の申し出を断ります。もう一人いた兄の大山守命《おおやまもりのみこと》が菟道稚郎子を亡き者にして皇位に就こうとしますが、大鷦鷯尊と菟道稚郎子はこれを阻止し、大山守命を成敗します。この後も兄弟二人は譲り合いを続け、皇位の空白は三年も続きます。詳しい経緯はわかりませんが、菟道稚郎子が亡くなった（自殺?!）ことで漸く大鷦鷯尊は即位し仁徳天皇となります。能『難波』の主題ともいえる王仁の歌「難波津に咲くやこの花冬ごもり 今は春べと咲くやこの花」は、王仁が大鷦鷯尊に即位を勧めた歌だといいますが、菟道稚郎子の生前からの勧めなのか、或いは亡くなった後に勧めたものなのか……。早い時期から大鷦鷯尊こそ天皇として相応しいと王仁、そして菟道稚郎子の両人が確信し、この二人が大鷦鷯尊に即位を勧めていたのではないでしょうか。それでも、どうしても了承しない兄に対し、最後の説得として弟は自ら命を絶った…、そんなふうに読み込んでみたいと思います。即位した仁徳天皇のよきブレーンであった王仁博士。後には神として祀られ、大阪と佐賀に王仁神社があります。

歌の父母

『古今和歌集』の、紀貫之が記した仮名序には、王仁が大鷦鷯尊に即位を勧めた「難波津に咲くやこの花冬ごもり 今は春べと咲くやこの花」の歌と、葛城王《かづらきのおおきみ》こと橘諸兄《たちばなのもろえ》が陸奥に赴任した折、万事において行き届かない田舎の様相が相当に腹立たしく機嫌を損ねていたときに、かつて都で采女を務めていた女性がお酌をしつつ詠んで、葛城王の機嫌がよくなったという「安積山影さへ見ゆる山の井の　浅くは人を思ふものかは」を、「この二歌は歌の父母のやうにてぞ、手習ふ人のはじめにもしける」と記しております。「難波津に」の歌が王仁の詠んだ歌だとして広く認識されているのは、この仮名序に書き込まれた古注によるもので、実は王仁が詠んだという確固たる資料があるわけではないのです。それでも、「手習ふ人のはじめにもしける」という言葉を立証するかのように、この歌が書き付けられた木簡や土器が出土しているので、いかに広く人々に知られた歌であったかということがよくわかります。貫之は、漢詩の風体を表す六義《りくぎ》を大和歌に置き換え、①遠回しに表現する「そへ歌」、②複数の物の名を詠み込む「かぞへ歌」、③景物を心情の比喩とする「なずらへ歌」、④そへ歌を少し変化させ、ハッキリと例える「たとへ歌」、⑤想いをそのままに表現する「ただこと歌」、⑥祝意の歌「いはひ歌」と定義します。歌のさま六つの第一番目の「諷歌《そえうた》」の例として「難波津に」の歌を挙げているのですが、この歌は『古今和歌集』の中にはなく、また先行の『万葉集』の中にも入集してはおりません。『古今和歌集』の仮名序の中にしか確認できないこの歌は、いったいどこから現れ、人口に膾炙していたのでしょう。謎は深まります。ちなみに「安積山影さへ」の歌は、『万葉集』巻十六に下の句を「浅き心をわが思はなくに」として収録されています。

さて、「難波津に」の歌が王仁博士の詠んだものではない…らしいのと同じように、前述の【能のうた】の項で取り上げました、仁徳天皇御歌の「高き屋に」の歌もどうやら仁徳天皇の作ではないようです。延喜六年（九〇六）の日本紀竟宴和歌（『日本書紀』勉強会終了後の宴。『日本書紀』をテーマにした和歌のイベント）にみられる、「大鷦鷯天皇」を題に藤原時平が詠んだ歌が「高殿に登りて見れば天の下 よもにけぶりて今ぞ富みぬ」です。三年の間課税を停止して国力の回復を感じとった仁徳天皇のお気持ちは、きっとこんな感じではなかったか…ということでしょう。その歌が膾炙するうちに一人歩きして、いつしか「高き屋に登りて見ればけぶりたつ 民の竈はにぎはひにけり」となったようなのです。長和二年（一〇一三）頃に成立した『和漢朗詠集』にすでにこの歌は収録されておりますが、作者についての言及はありません。仁徳天皇の作であるとするのは、平安時代中期から後期の歌人、源俊頼が著した歌論書『俊頼髄脳』以後のことで、『新古今和歌集』が編纂された十三世紀初頭にはこの歌は仁徳天皇の御作であると、誰もが認識をしていたようです。

能の作者・世阿弥が「よそえた」もの

未だ雪の降り積もる早春の寒さの中にあって、凛とした花をつけ、馥郁とした薫りで春の到来を告げる梅。この梅の花をモチーフに、仁徳天皇の仁政をサポートした王仁博士を登場させ、古代中国の尭《ぎょう》・舜《しゅん》の御代にも勝るとも劣らない仁徳天皇の御代を寿ぐ。その物語（能）を通して能の作者、世阿弥が生きている当時に、世阿弥は何を「よそえた」のでしょうか。折しも六十年に及んだ南北朝時代が終わりを告げ、応永元年（一三九四）には足利義満は太政大臣となります。更にこの年の十二月、室町幕府は将軍職が三代・足利義満から四代・足利義持にと移行します。新たな将軍に就いた義持を即位した大鷦鷯尊によそえたともみえますし、幕府が天皇の治める御代を支え補佐する機関であると考えれば、世阿弥は、後小松天皇をサポートする新たな御代の王仁博士のような存在として義持を寿《ことほ》いだのかもしれません。いずれにしましても世阿弥にとってこの『難波』を創作、上演することの意義、意味とは、足利義持を寿ぐ…その一点のみにあったのではないか、そんな気がいたします。

曲の構成上、後シテは「楽《がく》」を舞うべき作りとなっており、他流では「楽」が常です。しかし私の所属する観世流では「羯鼓出之伝《かっこだしのでん》」の小書《こがき》（特殊演出）がついたときには「楽」になりますが、常のときには能『高砂』や『養老』と同じ「神舞」を舞います。構成の面ではそぐわないのですが、祝言性を強調したいと考えれば、「神舞」の演出もアリなのかな…と感じます。学術的には、世阿弥が創作した当初は「楽」を舞っていたと考えられるものの、観世流では室町時代末期には既に「神舞」が常の演出となっていたと考えられています。私の妄想ですが、本来は現在小書演出の「羯鼓出之伝」が常の形としてこの作品を作ったものの、義持の将軍就任を寿ぐために当初から祝言の替の演出として現行の「神舞」バージョンを世阿弥は密かに用意していて、これを繰り返し上演するうち、テンポよく華やかなこちらの演出が次第に標準となっていったのではないか…そんなふうに考えてみたりしています。

❖　❖　❖

「難波津に咲くやこの花冬ごもり　今は春べと咲くやこの花」と、「この花」とのみ詠まれ、花の名が語られない梅の花。しかしこの歌が余りに有名になり、難波辺りでは「この花」といえばもっぱら「梅の花」を指すようになりました。

「この花」の音から引き出されたのが後ツレの木華開耶姫です。日向国《ひむかのくに》、高千穂に天孫降臨したニニギの奥さんになった方がこの木華開耶姫という神さまです。仁徳天皇とも王仁とも特に接点があるわけではありませんが、舞台を華やかに彩る天女の舞の、その天女の名に相応しかろうと考えたのでしょうか。この洒落、なかなか秀逸です。

三《み》輪《わ》

【能のうた】

わが庵《いほ》は三輪の山もと恋しくは
　とぶらひ来ませ杉立てる門《かど》
（『古今和歌集』雑歌下　読み人しらず　九八二）

「お待ちしてますわ、きっといらしてね♡」という、極めて積極的なアピールの歌である。読み人しらずの歌ゆえ、当然のことながら誰が誰に宛てて詠んだものかはわからない。しかしながら、平安時代後期の歌学《かがく》においては、これは三輪明神の歌であるとされ、能『三輪』もその解釈に基づいて引用している。

また紫式部はこの歌を捩り、『源氏物語』「賢木」の巻で、嵯峨野の潔斎所である野宮に御息所を訪ねてきた光源氏に対し

神垣はしるしの杉もなきものを

いかにまがへて折れる榊ぞ

と、御息所に詠ませる。そこでは「あら、どうしましょう……。三輪山の神さまのように［杉を立てた門が目印よ！　いらして～♡」なんてウエルカム印を掲げたわけでもないのに、困ったわぁ」と困惑しながらも、常に源氏のことを待ち続けていた「人待つ女」としての御息所の微妙な心の内が表現されている。

　本来なら男の神さまである三輪明神を、能では女の姿で登場させる理由の一つが、この歌にあるといえるかもしれない。

［現代語訳］

私のお家は三輪山の麓。私のこと、スキ！　って言っていただけるのなら、どうぞどうぞいらしてね♡　お家の門の所に杉の木がありますから、そこを目印に。

【能『三輪』】

＊あらすじ＊

　三輪山の麓、玄賓《げんぴん》僧都（ワキ）の庵を毎晩訪れ、樒《しきみ》・閼伽《あか》の水を供える女（前シテ）がある。ある晩のこと、またいつものように玄賓のもとを訪れた女は、夜寒ゆえに玄賓に衣を一枚所望する。請われるままに衣を与えた玄賓は、帰りぎわ女にその住処を尋ねる。すると女は「わが庵は三輪の山もと恋しくは　とぶらひ来ませ杉立てる門」の歌を残して姿を消す。（中入）

大神神社《おおみわじんじゃ》を訪れた里の人（間狂言）が御神木の杉の枝に玄賓僧都の衣がかかっていることに気がつき、玄賓のもとを訪れ報告すると、不思議に思った玄賓も大神神社を訪れる。御神木の枝に掛けられた僧都の衣には金色の文字で「三つの輪は清く浄きぞ唐衣　くると思ふな取ると思はじ」と、一首の歌が書き記されており、やがて御神木から女の姿をした三輪の神（後シテ）が現れ、三輪山に伝わる神婚説話、アマテラスの岩戸隠れを語り、アメノウズメが舞った神楽を舞い、伊勢と三輪の神は一体なのだと語り、夜明けと共に消えてゆく。

季節：九月（旧暦）　　作者：不詳（世阿弥とも）

＊解説＊

大和の王権以前

日本列島において中国、朝鮮半島からの交易や民族の移動が活発になった縄文時代後期、強大な力を持った国が九州や山陰、大和など、列島にはいくつかありました。「オオクニヌシ」といえば出雲の神さまを思い浮かべる方が多いかと思いますが、大和国《やまとのくに》、ミムロ山（三輪山）の神さまも「オオクニヌシ」でした。これは固有名詞ではなく、「偉大な国の主人」という意

後シテ

味で呼ばれていたので、出雲と大和、それぞれ別人格の「オオクニヌシ」が支配する国でした。時代が下って、天孫族の王権が大和を支配するようになった後、王権側の三輪氏によってミムロのオオクニヌシを祭祀するにあたり、その強大な力を弱体化させる目的で「オオクニヌシ」を「オオクニタマ」と「オオモノヌシ」の二つに分け、更に「オオモノヌシ」を「ニギタマ」「アラタマ」に、加えて「ニギタマ」を「サチタマ」「クシタマ」に分散、縮小しましたので、元のオオクニヌシの、その強大な姿はすっかりと影を潜めました。

王権の成立以前、大和は大陸との交易が盛んな地でした。この交易がミムロ山の神（三輪明神）とアマテラスを引き合わせることとなります。大和という場所は、大陸と交易をするのには甚だ不便な場所のように思われるのですが、なぜ商人たちは大和を目指したのでしょう。その理由はミムロ山の背後にある宇陀の山脈から出土した鉱産資源、「朱」のもと、「丹塗り」の丹のもととなる朱砂《すさ》（真土・辰砂・丹粟ともいう）でした。この鉱産資源を取り仕切っていたのがミムロ山の神さまで、この鉱産資源を大阪湾まで運ぶ大和盆地の水上交通を仕切っていたのがナガスネヒコの一族でした。

大陸からの商人たちが大和まで来て、交易の後にまた大陸へと帰るのには数々の難儀があったはずです。対馬、壱岐を経由して北九州に至り、九州と本州の間、門司を抜けて瀬戸内海に入るには出雲系の宇佐の神さまの目が光っておりますので、宇佐の神さまへの挨拶なしには航行出来ません。更には瀬戸内海の海賊（水軍）と折り合いをつけ、ナガスネヒコと輸送の契約を交わさなくてはなりません。この航海に重要な役割を果たしたのがアマテラスだったのではないかと思われます。

『魏志倭人伝』にも記載されている壱岐国《いきのくに》。九州北の小さな島ですが、大変に栄えた国でした。交易が盛んであったようですが、この島にその繁栄をもたらすような資源はありません。では何によって繁栄したのでしょう。私の推測ですが、海運業で財を成したのではないかと思うのです。そしてアマテラスの出身もこの壱岐ではないかと考えています。それを裏付けるのが、月読《つきよみ》神社の本社が壱岐にあるということです。『古事記』に記された、イザナギが黄泉の国から戻って禊祓いし、左目を洗ったときにアマテラスが、右目を洗ったときにツキヨミが、鼻を洗ったときにスサノオが生まれたという逸話。左目と右目はセットです。つまりアマテラスとツキヨミはセットで天体の動き、暦、潮の干満と流れを読む、航海のスペシャリストであったと考えられます。そしてこの技術を以って大陸の商人と大和との間に入り、大和と壱岐を往復し、大和で大陸の商品（主に医薬品や衣類などの日用雑貨）をもとに朱砂を買い付け、壱岐で大陸の商人たちに、航海の費用に手数料を乗せた上で朱砂と引き換えるという中間貿易で繁栄したのだろうと思われます。その後、朝鮮半島での勢力争いに負けた弥生人の部族たちは同様に対馬・壱岐を経由して日向国《ひむかのくに》を目指して九州に入ります。最初に定住したのはおそらく肥沃な平野の、現在の福岡県辺りではないでしょうか。そこで沢山の稲を植え、よく育ったことから付けられた名が「高千穂」だと考えられます。

渡来した弥生人（天孫族）たちはここで新しい国の基盤作りをしたわけですが、この地に長居はしなかったと思われます。そもそも勢力争いに負けて日向国に渡ったのですから、不測のときに攻め込まれ易い土地では困ります。攻め込まれにくい場所として考えれば、今の宮崎県の高千穂も考えてよいと思います。『龍田』の項でも触れましたが、彼らの国造りは九州全域に及ぶも、彼らが目指していた最終の目的地は大和でした。壱岐のアマテラスとの伝手《つて》を頼りに瀬戸内海の勢力とも繋がり、大和に入っての後にミムロ山の神さまが主体となっていた交易市場の利権をも得ることが出来れば、大陸からの防衛に叶い、交易による利益をも上げられる又とない理想都市の国を作ることが出来ると考えたのでしょう。ただ、ミムロ山の神さまは一筋縄ではゆかないお方でした。何しろ朱砂を牛耳る大王でしたから。朱砂の王すなわちスサノオとは、実はこのミムロ山の神さまのことであったともいわれております。スサノオの乱暴狼藉に困り、アマテラスがストライキを起して閉じ籠ったのが「天の岩戸隠れ」というのはよく知られています。スサノオをミムロの神とすると、思い通りにゆかないミムロの神と、ミムロの神を懐柔してくれるよう頼んでも、結果を出してくれないアマテラス、という構造がみえてくるのです。そもそも天孫族たちとは別の縄文海洋族のアマテラスは、天孫族への協力を断る意思表明をしたのではないでしょうか。アマテラスの協力無しには新たな王権国家の成立は難しく、そのことが太陽の光がこの世から消えてしまう程の恐怖として「天の岩戸隠れ」の神話となったとも考えられます。

女姿と三輪の神

三輪山の神さまと、のちに伊勢に祀られることとなった天照大神との接点をみて参りました。能『三輪』をみてゆくにあたり、ここで確認しておかなくてはならないのが、その二人の神さまの性別です。『古事記』『日本書紀』の崇神記にある三輪山の神婚説話によれば、三輪山の神さまの性別は間違いなく男です。皇祖神として伊勢に祀られている天照大神は女性とされておりますが、性別が女性となったのは天武天皇の皇后であった鸕野讃良皇女《うののさららのひめみこ》、後の持統天皇のときだといわれております。壬申の乱を制して即位した天武天皇は大来皇女《おおくのひめみこ》を斎王としてアマテラスを主神・天照大神として伊勢に丁重に祭祀しますが、このときまでアマテラスの性別を女とした記録はないのだそうです。アマテラスの性別は本来なら男であったと考えられます。天の岩戸隠れの際、天鈿女命《あめのうずめのみこと》がお色気パフォーマンスを披露して、天の岩戸を取り巻いた神々が「ウオー！」と響《どよ》めき、ヤンヤヤンヤと盛り上がったのを、岩戸を少し開けて思わず見惚《みと》れている隙に手力男命《たぢからおのみこと》が「えいや！」と岩戸を引き開けたこと、天武天皇が自分の名代に大来皇女を斎王として奉仕させ、以降斎宮の制度ができたこと、アマテラスのお食事係として丹後国からスーパーカリスマ美人シェフのトヨウカノメノミコト（豊受大神）をヘッドハンティングしてきたこと（本書『羽衣』参照）などを考えてみても、アマテラスの性別が男であったことは明らかです。

　持統天皇によって天照大神が女性の神さまとなり、以後現在に至るまで天照大神は女性の神さまと認識されております。一方、三輪山の神さまは『古事記』『日本書紀』にあるとおり、男性の神さまのままです。ただ、どちらの崇神記によっても三輪山の神さまの正体は蛇であるとされ、『日本書紀』に記された「箸墓伝説」では、孝霊天皇の娘で崇神天皇の伯母にあたる倭迹々日百襲姫《やまとととひももそひめ》は蛇と契ったことに衝撃を受け、箸でホト（陰部）を突いて亡くなったとしてますので、三輪山の神婚説話には何やら怪しげな…三輪山の神さまと大和の王権との間のギクシャクした関係がみてとれます。もっとも、能の作者は「苧環《おだまき》型」といわれる、『古事記』の神婚説話の紹介のみで、怪しげな臭いのする『日本書紀』の「箸墓伝説」の説話を避けていることから、大和の王権と天照大神、そして三輪山の神との高尚潔白、清々しく香気溢れる、気品ある作品を創作しようとした意図が読み取れます。それをより強調した演出が「誓納《せいのう》」・「白式神神楽《はくしきかみかぐら》」の特別な小書《こがき》といえます。

　さて、能『三輪』では何ゆえ三輪明神が女の姿で登場するのでしょうか。これまでみてきたように、ミムロ山の神さまとアマテラスは、大和に王権が成立する相当以前から密接な関係を持っていました。それが後々、『三輪』の謡曲本文の中にもみえるように、伊勢と三輪の神が一体分身《いったいふんじん》であるとする考え方になったものであろうと思います。三輪山の歴史的経緯を踏まえ、神婚説話を語るとき、三輪明神の姿のうちには天照大神、『古事記』の活玉依姫《いくたまよりひめ》、『日本書紀』の倭迹々日百襲姫らの姿が垣間見られます。三輪明神の神慮を清《すず》しめる神楽を奏するためには、三輪明神本体の姿ではなく、巫女的な存在として活玉依姫や倭迹々日百襲姫、天照大神が女姿の神として神楽を舞い、そこへ三輪明神本体が憑依して後半の神舞を舞うという演出にしているのでしょう。更に、この神楽は、アマテラスの岩戸隠れの再現として舞いますので、そこにはアメノウズメの艶やかな舞のイメージまでがミルフィーユの如く、幾重にも重ねられたものとなっております。

玄賓僧都《げんぴんそうず》

玄賓僧都は、天平六年（七三四）生まれ、弘仁九年（八一八）の没。法相宗の学問僧であった玄賓は、桓武天皇～平城天皇～嵯峨天皇の、三代にわたる天皇から篤い信頼を寄せられるも、世俗的な名声を厭い、都を離れて隠遁したことで知られる聖《ひじり》です。大江匡房《おおえのまさふさ》（一〇四一～一一一一）の談話を藤原実兼《さねかね》（一〇八五～一一一二）が筆録したとされる『江談抄《ごうだんしょう》』によれば、弘

仁五年に初めて律師に任ぜられたとき、それを辞退して詠んだ歌が

三輪川の清き流れに洗ひてし
衣の袖は更にけがさじ

というもので、長和二年（一〇一三）頃に成立した藤原公任撰の『和漢朗詠集』には

三輪川の清き流れにすすぎてし
我が名をさらにまたやけがさむ

として収録されております。三輪山に隠棲した後には備中国湯川寺に隠遁したようで、その折の歌が、能の前場、前シテの女が庵を訪れる前、玄賓が口ずさむ「山田守るそうづの身こそ……」という歌です。この歌は『続古今和歌集』雑歌上に「備中国湯川といふ寺にて」と詞書きされ、

山田守るそほづの身こそあはれなれ
秋はてぬれば問ふ人もなし

として収録されています。その他、鴨長明（一一五五？～一二一六）著の『発心集《ほっしんしゅう》』や源顕兼《あきかね》（一一六〇～一二一五）編の『古事談《こじだん》』には玄賓が越国《こしのくに》で渡守をした説話、更に伊賀国《いがのくに》で馬飼いをした説話が所収され、玄賓の隠遁聖ぶりが紹介されております。

玄賓がどれくらいの期間、三輪山の麓、三輪川の辺りの庵で過ごしたのかはわかりませんが、世俗を離れてひたすらに修行する玄賓には、三輪山の神さまも心を開き、複雑な胸の内を明かしたかったのでしょうか……。平成十六年（二〇〇四）の夏、私は三輪山を訪ねました。巻向《まきむく》駅から山の辺の道を目指し、檜原神社に差しかかる頃、俄かに雷が鳴り雨が降って参りましたので、「イヤハヤこれは三輪の神さまに嫌われたのか、はたまた歓迎されたのか……」とヒヤヒヤしながら檜原神社の前の茶店で雨宿りをし、三輪そうめんをいただきました。その店の方によれば「この土地の人にそうめんの作り方を教えたのは玄賓さんなんです」とのこと。どこまで信じてよいかはともかく、地元でも玄賓さんは慕われているのだなぁと、感心しつつ大方雨も上がったので大神神社の方へと歩みを進めてゆきますと、程なく玄賓庵に着きました。折しも御住職は不在でしたが、留守番されていたご高齢のお婆さま（御住職のお母さま？）が本堂に招き入れてくださり、「暑い中をよくいらっしゃいましたねぇ」と、冷えたサイダーを振る舞ってくださいました。そこで伺った三輪山の神さまと玄賓僧都のお話は、概ね能の『三輪』

のとおりなのですが、玄賓僧都が三輪の神さまと遂に対面したときの神さまの姿形が異なっていました。玄賓さんを訪ねてきた女性が庵からの帰り際、「どちらにお住まいなのです？」と玄賓僧都が尋ねると、女性は「この三輪の山本に」と答え、後で訪ねて行った玄賓さんは大神神社で三輪の神さまと対面されたのですが、そのときの神さまは白髭のお爺さんの御姿であった…というのです。玄賓庵のお婆さまはまた「山本って麓のことかと思ってましたが、違いますね。山本というのは山の根本、根っこの所、山の中心のことね。だって神さまがお住まいになってる所なんですから」と。なるほどなぁと感じ入りました。

✤　✤　✤

檜原神社には伊勢に赴く以前の天照大神が祀られていることから「元伊勢」と呼ばれております。この檜原神社の鳥居も三輪山中の鳥居も格子戸がはめられた、牢格子を思わせる独特の形をしております。大神神社の左右逆向きの注連縄にも、王権には服《まつろ》わないミムロの神の意思が表されているといいます。複雑な歴史的経緯を背景にこの能『三輪』は作られてはいるものの、能としてみる限り、根底にある天下泰平・国土安穏・五穀豊穣への祈りというテーマは初番の神能と何ら変わらないといえましょう。

第3章「男」（二番目物）

死後に修羅道と呼ばれる苦しみの世界に赴くことになった武士たちの霊の物語。

清経
巴
通盛
頼政

清《きよ》経《つね》

【能のうた】

うたたねに恋しき人を見てしより
夢てふものはたのみそめてき

（『古今和歌集』恋歌二　小野小町　五五三）

小野小町は清和朝（八五八〜八七六）頃に活躍した歌人であるが、詳細は明らかでない。六歌仙および三十六歌仙の一人。家集に『小町集』があるものの本人作でない歌も含まれる。未詳ゆえに多くの伝説が残されている。能に作られた小町には『草子洗小町』『通小町《かよいこまち》』『卒都婆《そとわ》小町《こまち》』『鸚鵡小町』『関寺小町』がある。『古今和歌集』には十八首が入集、そのうちの十三首が恋歌である。

この「うたたね」の歌は、「夢の中に思う人が現れるのは、相手が自分のことを思っているから」という俗信を背景にしていることから、能『清経』においては清経の妻の夢の中に清経が現れるのは、清経が妻のことを思っているから…と、清経の霊の出現の根拠として引用される。

うたた寝をしました折に、恋しいあの方が夢の中に……。そりゃ夢なんてあてにはならないものと私だって思ってはいましたけど、あの方が私のことを思ってくださるから私の夢の中に現れたんでしょ？　まんざらでもないわよね、夢って♡

【能『清経』】

＊あらすじ＊

平家の一門が都落ちをしたあと、都に残っていた平清経の妻（ツレ）のもとに、清経に仕えていた淡津の三郎（ワキ）が清経の形見の遺髪を携えて尋ね、清経の入水自殺を報告する。驚き、悲しみ、嘆き、泣き崩れる妻。見返す度に恨めしい想いが湧き、妻は夫の形見を差し戻す。涙に枕を濡らしつつ微睡む妻の夢の中に清経の霊（シテ）が現れる。自ら命を絶ったことを責める妻。形見を差し戻したことを詰《なじ》る清経。それぞれの気持ちが平行線のまま、清経はそれでも自殺に至るまでの経緯を語り始める。しかし、一門の果てがどうなるともわからないうちに自ら命を絶つなどあり得ないと、やはり妻は責める。清経は宇佐八幡の神に平家が見放されたこと、味方であったはずの九州の勢力にも敵対され、長門から源氏軍が攻めてくるとの情報を得て、豊前国《ぶぜんのくに》柳ヶ浦から船で沖に出たことを語る。ゆく末を諦め、舷《ふなばた》に立ち笛を吹き、今様を朗詠し、念仏を唱えて海に沈んだ様を再現してみせる。それでもやはり納得できず恨めしさに涙する妻。清経は修羅の苦しみの様子をみせつつも、死の直前に唱えた念仏の功徳により成仏してゆく。

季節：九月（旧暦）　作者：世阿弥

＊解説＊

平家の都落ち

寿永二年（一一八三）、木曽義仲の率いる源氏軍に追われ、平家の一門は都を離れ西国へと落ちゆきます。『平家物語』には次のように記されております。

落ち行く平家は誰々ぞ。前《さき》の内大臣宗盛《むねもり》公・平《へい》大納言時忠《ときただ》・平中納言教盛《のりもり》・新中納言知盛《とももり》・修理《しゅり》の大夫経盛《つねもり》・右衛門の督《かみ》清宗《きよむね》・本三位の中将重衡《しげひら》・小松の三位の中将維盛《これもり》・同じき新三位の中将資盛《すけもり》・越前の三位通盛《みちもり》、殿上人には、内蔵《くら》の頭《かみ》信基《のぶもと》・讃岐の中将時実《ときざね》・左中将清経《きよつね》、同じき少将有盛《ありもり》・丹後の侍従忠房《ただふさ》・皇后宮の亮《すけ》経正《つねまさ》・左馬の頭行盛《ゆきもり》・薩摩の守忠度《ただのり》・武蔵の守知章《ともあきら》・能登の守教経《のりつね》・備中の守師盛《もろもり》・尾張の守清定《きよさだ》・淡路の守清房《きよふさ》・若狭の守経俊《つねとし》・蔵人の大夫業盛《なりもり》・経盛の乙子《おとご》大夫敦盛《あつもり》・兵部少輔正明《まさあきら》…

93　清　経

シテ清経、舞の中

とあり、また

平家は小松の三位の中将維盛の卿の外は、大臣殿《おおいどの》以下妻子を具せられけれども、次様《つぎさま》の人々は、さのみ引きしろふにも及ばねば、後会《こうかい》其の期を知らず、皆打ち捨ててぞ落ち行きける

と記されております。

これは、宗盛をはじめとして三位までの人々は維盛を除いて皆妻子を同行して都落ちをしたのですが、次様すなわち四位・五位の殿上人たちは妻子の同行が許されず、それぞれ断腸の思いで別れ、都を離れたというのです。清経が都に妻を残していた理由はここにあります。しかしながら、もし清経が三位であったとしても妻を同行して都を離れることは難しかったかもしれません。

小松殿の家系

中御門《なかのみかど》の中納言藤原家成《いえなり》は、二人の娘を小松殿（平重盛）に嫁がせ、そこに維盛・清経・有盛・師盛・忠房が生まれております。家成の息子の成親《なりちか》は平治の乱（一一五九）の折、藤原信頼《のぶより》・源義朝らとともに戦うも敗れ、解官され死罪となるところをこの姻戚関係から重盛に助

けられます。その後、成親は二人の娘を維盛・清経に嫁がせます。なお、成親の息子は能『俊寛』でおなじみの丹波の少将藤原成経です。成親・成経の親子は鹿ヶ谷事件（一一七七）で捕らえられ、成親は備前に配流、その後殺されております。成経は俊寛・平康頼と共に鬼界ヶ島に流されます。

小松殿の家系では、維盛と清経の二人が成親の姉妹を母とし、成親の娘を妻としております。平家打倒を企てた家の娘を妻としている障りから、三位の中将でありながら維盛は都落ちに際し、妻と子どもの同行を諦めております。清経は正四位下、「次様の殿上人」ですので、元より妻の同行は叶いませんでしたが、例え三位であっても同様の理由で、やはり奥方を同行することは出来なかったことでしょう。

維盛と清経。重盛の子で、藤原成親の娘を妻としたこの二人は共に入水自殺をいたします。豊前国柳ヶ浦沖では清経、そして紀州熊野沖では維盛。都に残した妻や子どもたちへの断ち切れぬ想いを残して……。

宇佐八幡の御託宣

六波羅の館をはじめ、それぞれの館を焼き払い、都を離れた平家の一門は、清盛が建設した都・福原に立ち寄ります。だいぶ荒れ果てていた福原の館をも焼き払い、九州筑紫の太宰府に落ち着きます。筑前の宇佐八幡に七日間参籠した宗盛にあった宇佐八幡の御託宣、それは「世の中の憂さには神も無きものを　なに祈るらん心づくしに」というものでした。「天も我々を見放したか……」と嘆く彼らに追い打ちをかけたのが、重盛の御家人で、宇佐神官の荘園である緒方の庄の荘官、緒方惟義《これよし》の源氏方への寝返りでした。惟義に太宰府を追われ、山鹿の城に到るも、そこへも敵方からの攻撃があるとの情報に、豊前国柳ヶ浦に落ち着くこととなります。ここに都を定め、内裏を造営しようと計画しますが、財力がないためそれも沙汰止みとなり、また長門国《ながとのくに》から源氏軍が攻めて来るというので、取るものも取り敢えず船に取り乗り海の上を漂います。

その十月のある月の夜、清経は舷に出て横笛を吹き、朗詠して心を慰め「都を源氏に攻め落とされ、九州を惟義に追い出され、まるで網に掛かった魚のようで、もはや逃れる術はない」と、静かに経典を読み念仏をして海に沈みます。享年二十一。

すれ違う夫婦

平家が壇之浦に滅んだのち、建礼門院が大原の寂光院に移り、安徳天皇と平家の一門の跡を弔っていた文治二年（一一八六）の春、後白河法皇が建礼門院を訪ねます。その折、建礼門院は後白河法皇にこう話します。

さても筑前の国太宰府とかやに着いて、少し心を延べしかば、惟義とかやに、九国の内をも追出され、山野広しと云へども、立ち寄り休むべき所もなし。同じ秋の暮にも成りしかば、昔は九重の雲の上にて見し月を、八重の汐路に詠めつゝ、明かし暮し侍ひし程に、神無月の比ほひ、清経の中将が、都をば源氏がために責落とされ、鎮西をば惟義が為に追出さる。網にかゝれる魚の如し。いづくへ行かばのがるべきかは、存へ果つべき身にも非ずとて、海に沈み侍ひし、是ぞ憂き事の始めにては侍ひしか…

清経の入水自殺が平家の一門にとって、「憂き事の始め」であると語ります。建礼門院の眼からみても、清経の入水自殺は受け容れ難いものと映っていたのでしょう。となれば、清経の奥方としてみれば尚のこと一門の士気を下げる「許せない！」行為であったのではないでしょうか。

清経と妻、それぞれの言い分を主張しあうものの、決して交わることのない価値観。スッタモンダの挙句、入水する直前の念仏の功徳により、まるで振り逃げの如く一人勝手に成仏してしまう清経……。残された妻の想いを語ることなく終演するこの能に、何ともいえない消化不良感を覚える方も多いのではないでしょうか。ひょっとすると、妻の側の見解としては、最後の詞「…恨めしかりける契りかな」で気持ちを吹っ切っているのかもしれません、「もういいわ、馬鹿ばかしい※」って。

『平家物語』において非業の死をとげた公達には例えば通盛と小宰相の局のように、互いに通い合う想いの物語もあります。しかしこうした愛とは異なり、互いの想いはあっても、擦れ違ったまま遂に交わることのない、そんな愛の形もあるのではないかと、能の作者である世阿弥は入水自殺したこの公達・清経の身の上にその愛の形を想像してみたのかもしれません。

「何事も深う思ひ入れ給へる人にておはしける」と『平家物語』に記された清経。悲観しがちな二十一歳の青年の苦悩を思いつつも、残された妻の悲しみに寄り添い、「じゃぁ、残された者はどうするのよ、自分ばっかり成仏なんかしちゃって※」という側にも一票投じたい、そんな一曲です。

巴《ともえ》

【能のうた】

落花語《ものい》はず空しく樹を辞す
流水心無うして自《おのづ》から池に入《い》る

（『和漢朗詠集』春　白居易《はくきょい》）

この詩は『白氏文集《はくしぶんしゅう》』巻五十七に収められている「元が家の履信《りしん》なる宅を過ぐ」と題された七言律詩《しちごんりっし》の頷聯《がんれん》（三句目と四句目）である。「元」とは元稹《げんじん》のことで、白居易三十二歳のとき、科挙の試判抜萃科《しはんばっすいか》に及第したときの同期に元稹がおり、共に校書郎《こうしょろう》の役職を授けられ、以来二人は終生の友となったという。年齢は元稹が白居易より七つ下であるが、元稹は太和五年（八三一）五十三歳で病死。元稹が亡くなった後、元稹の旧宅を訪れた白居易はこう詠む。

鶏犬喪家分散後　　鶏犬《けいけん》家を喪《うしな》う分散の後
林園失主寂寥時　　林園主を失う寂寥《じゃくりょう》の時

落花不語空辞樹
流水無情自入池
風蕩醼船初破漏
雨淋歌閣欲傾欹
前庭後院傷心事
唯是春風秋月知

落花語《ものい》わず空しく樹を辞す
流水情《こころ》無くして自《おの》ずから池に入る
風醼船《えんせん》を蕩《とう》して初めて破漏《はろう》し
雨歌閣《かかく》に淋《そそ》いで傾欹《けいき》せんと欲す
前庭後院《ぜんていこういん》心を傷ましむる事
唯是れ春風秋月《しゅんぷうしゅうげつ》を知るのみ

人口に膾炙したこの詩の頷聯を、能『巴』の作者は後シテの登場部分に引用しているが、やや文意を変えて「落花空しきを知る。流水心無うして自ずから。澄める心は……」としているので、白居易の詠んだ詩の情景とはもはや無関係ではある。

［現代語訳］
主人《あるじ》が亡くなり家族も離散して、鶏や犬も家を失った。
主人を失った林園は物寂しい風情。
散りゆく花びらは何を語るでもなく、はらはらと枝を離れてゆく。
流れゆく水は何を思うでもなく、そのまま池へと注ぎ込む。
かつて宴を催した船は風に揺られガタピシ。

館は雨に曝され朽ちかかっている。
前の庭、そして後ろの建物だけだなんて、やるせないなぁ。
そう、春の風や秋の月を愉しむのがこの庭や館ばかりだなんて。

【能『巴』】

＊あらすじ＊

木曽から都へ向かう僧（ワキ）が近江国《おうみのくに》、粟津の原で休んでいると、どこからともなく現れた女（前シテ）が神社の前で涙を流している。どのようなわけかと尋ねると、「何というハッキリとした理由があるのではないけれど、神の威徳が感じられて思わず涙が溢れるのです。かつて都男山に石清水八幡宮を勧請した行教《ぎょうきょう》和尚《かしょう》のように……」と、女は語る。また、旅の僧が木曽の出身だと知るや、ここに祀られている神こそ木曽義仲なのだと告げ、拝むよう促す。そうするうち夕暮れ時となり、女は自らが亡者であることを明かし、生い茂った草叢にその身を隠す。（中入）

夜になり、女の霊を弔う僧の前に巴御前の霊（後シテ）が在りし日の凛々しい姿を現し、僧の弔いを喜ぶ。しかしながら女であるがゆえに主君義仲の最期の供が許されなかったことが恨めしいと言い、最後の戦さの様子を仕方噺に語る。主君の命《めい》に背くことは適わず、一人落ち延びた後ろめたさ、そして義仲への名残惜しさ……。その執心をどうか弔ってほしいと告げて再び消えてゆく。

季節：一月（旧暦）　作者：不詳

＊解説＊

木曽義仲の最期

能『巴』についてお話を申し上げるにあたり重要な人物、木曽義仲について『平家物語』の描写を中心に事績をみておきたいとおもいます。木曽義仲は久寿元年（一一五四）生まれの、寿永三年（一一八四）没。享年三十一。源《みなもとの》義賢《よしかた》の次男で、幼名を駒王丸といいました。源義賢は兄の義朝と対立し、大蔵合戦において義朝の長男である義平に討たれます。そのとき二歳だった駒王丸にも「殺害せよ」との命が義平から出されますが、畠山重能《はたけやましげよし》・斎藤実盛《さねもり》によって駒王丸は信濃国《しなののくに》の中原兼遠《なかはらのかねとう》のもとに預けられ、兼遠の子の樋口次郎兼光《ひぐちのじろうかねみつ》や今井四郎兼平《いまいのしろうかねひら》、落合五郎兼行《おちあいのごろうかねゆき》らと共に養育されます。

治承四年（一一八〇）、以仁王《もちひとおう》による「平家打倒」の令旨《りょうじ》が全国の源氏に出され、密かに計画を遂行するも平家の知るところとなり、やむなく以仁王は源頼政と、義仲の異母兄で頼政の養子となっていた源仲家の一党と五月に挙兵しますが時期尚早、源氏の足並みが揃わず、頼政は宇治の平等院にて討ち死に（自害）します。以仁王もまた逃走中に討たれてしまいます。

後シテ、義仲の死骸に別れを告げる

義仲は九月に挙兵、翌治承五年には平家方の城長茂《じょうながもち》率いる一万の軍勢を、僅か三千の兵で横田河原の戦いにて破り、越後から北陸道へと駒を進めます。寿永元年（一一八二）、北陸道に逃れてきた以仁王の遺児の北陸宮《ほくりくのみや》を擁護し、以仁王の挙兵を継承する意思を表明します。

寿永二年二月、頼朝と対立関係にあった志田義広《しだよしひろ》・源行家《ゆきいえ》の、二人の叔父を庇護したことから、義仲も頼朝との関係が悪化。翌三月、義仲が嫡男の義高《よしたか》を人質として鎌倉に差し出したことで辛うじて和議が成立します。五月には越中国《えっちゅうのくに》砺波山《となみやま》倶利伽羅峠《くりからとうげ》の戦い、加賀国《かがのくに》篠原の戦いを制し、六月十日には越前国《えちぜんのくに》に、そして六月十三日には近江国《おうみのくに》に入り、その月末には延暦寺との交渉を開始します。義仲側の交渉人は大夫房覚明《たゆうぼうかくめい》。能『木曽』の中では、義仲の代書で平家追討の「願書」を記した人物です。軍師でもあった覚明が記した山門に対する牒状《ちょうじょう》、その内容は「もしも悪徒の平家に付くというのならば、我々は山門の大衆と合戦をすることになる。もし合戦とならば、瞬く間に延暦寺は滅亡することとなろう」というもので、交渉というよりは、ほぼ脅しでした。この牒状に対し、延暦寺側も種々論議の末に源氏に同心する旨を回答します。

こうした義仲の侵攻により都の防衛を断念した平家は、七月二十五日、三種の神器と安徳帝、その異母弟の守貞親王を擁して西国へと逃れます。そして二十八日、入京した義仲は叔父の行家と共に西国落ちを逃れた後白河院から平家追討を命ぜられます。

『平家物語』によれば、北国から入京した義仲の粗野な振る舞いは、都の人々からは嘲笑され軽蔑されたとあります。さらに義仲の軍勢が乱暴狼藉を働くことから、後白河院は義仲追討を延暦寺、園城寺の僧兵たちに命じます。かくして法住寺合戦が起こりますが、これに勝利した義仲は天台座主《ざす》の明雲大僧正、園城寺の長吏《ちょうり》の圓慶法親王の首までを六条河原に晒し、前の関白松殿の姫を娶り関白殿の婿となり、「抑も義仲一天の君に向ひ進《まい》らせて、軍《いくさ》には打勝ちぬ。主上にや成らまし、法王にや成る可き……」などと語る有様。流石に頼朝はこの義仲の狼藉を止めねばならないと範頼と義経に六万騎余りの軍勢を伴わせ都へと向かわせます。

寿永三年の正月、義仲が西国へ平家追討に向かおうとするとき、義仲追討の範頼・義経の数万騎の軍勢が美濃国《みののくに》、伊勢国《いせのくに》に到着したと聞いた義仲は驚き、急遽宇治・勢田の橋を引いて臨戦態勢を取ります。しかし、宇治・勢田のいずれも破られたと聞くや、義仲は後白河院の御所六条殿に向かおうとするも断念、その頃付き合っていた六条高倉の女房との名残りを惜しみ、その後鴨川を渡り、「死なば一所」と約束していた乳母子の今井四郎兼平を案じ、勢田へと落ち行きます。

大津打出の浜で行き会った義仲と兼平の二人は再会を喜び、落ち残った三百余騎で最後の合戦を戦います。甲斐一條次郎《かいのいちじょうじろう》六千余騎と戦い五十騎計りが残り、次に土肥次郎実平《とひのじろうさねひら》の勢二千余騎、その他、四・五百騎、二・三百騎、百四・五十騎、百騎と駆け破って行き、最後に残った主従五騎の中に巴がありました。義仲に「お前は女なのだから、どこへなりとも落ち延びよ。

義仲って奴は、最後の軍に女を連れていたんだって言われるのは悔しいからねぇ」と言われた巴は、ならば仕方なしと、木曽殿に最後の軍をしておみせましょうと、武蔵国《むさしのくに》の御田八郎《おんだのはちろう》の三十騎に割って入り、御田八郎の頸を捩じ切り、物の具脱ぎ捨て東国の方へ落ちゆきます。

その後、今井四郎兼平とただ二騎となった木曽義仲は、兼平に自害するよう諭され、粟津《あわづ》の原で自害しようとするも、馬を深田に乗り入れてしまい身動きが取れず、兼平はどうしているだろうか…と、気にして振り返ったところを、相模国《さがみのくに》の石田次郎為久に額を射抜かれ、ついに討たれてしまいます。

巴とは

『平家物語』で鮮やかな活躍をみせる巴。「木曽の最期」の冒頭に

> 木曽は信濃を出でしより、巴・款冬《やまぶき》とて二人の美女を具せられたり。款冬は労り有つて都に留まりぬ。中にも巴は色白う髪長く、容顔誠に美麗也。究竟の荒馬乗の悪所落し、弓矢打物取つては、如何なる鬼にも神にも逢ふと云ふ、一人当千の兵《つわもの》也

と記されておりますが、その素性については何も記されてはおりません。また『源平盛衰記』

の中では

木曽殿の御乳母に中三権頭が娘、巴といふ女なり。強弓の手練れ、荒馬乗りの上手。乳母子ながら妾《おもいもの》にして内には童を仕ふ様にもてなし、軍《いくさ》には一方の大将軍して更に不覚の名を取らず。今井・樋口と兄弟にて、怖ろしき者にて候

とあり、樋口次郎兼光、今井四郎兼平と兄弟であるとします。巴の名前がみえるのは『平家物語』と『源平盛衰記』のみで、鎌倉幕府が編纂した歴史資料『吾妻鏡』にはその存在は確認されません。また生没年も不詳ですが、木曽の最期の折の巴の年齢を『源平盛衰記』では二十八歳とし、『平家物語』では、「百二十句本」では二十二・三歳とし、「延慶本」では三十歳ばかりとし、「長門本」では三十二歳とします。「覚一本」と「流布本」には年齢の表記がありません。義仲の最期は三十一歳で、このとき兼平が三十三歳でしたので、概ねその周辺の年頃を想定しているものと思われます。また、「延慶本」には、幼少より義仲と共に育ち、力技・組み打ちの武芸の稽古相手として義仲に大力を見い出され、長じて戦さにも召し使われたと記されております。

能『兼平』と『巴』

さて、木曽義仲の最期を扱った能としては『兼平』と『巴』の二曲があります。最後の最期、主君が自害できるよう時間稼ぎの防ぎ矢の戦さをするも、義仲が討たれたと聞くや太刀を銜《くわ》え馬の上から逆さまに落ちて串刺しとなって自害して果てた兼平の物語そして、最後の最期、女ゆえに供が許されず一人落ち延びなければならなかった巴の物語。最後まで主君に思われ、義を全うし、孤高の自害を果たした兼平。その能では、曲の後半で『平家物語』に描かれている木曽の最期を忠実に語ります。修羅の世界に堕ちている自らの苦しみを訴えるかと思いきや、ワキの僧に語るその物語は義仲の最期の有り様で、むしろ主君義仲の回向を頼むのです。そこには主君義仲のために生き、戦い、そして死んでいった自らの生涯に一点の曇りもない満足と納得、悟りの境地にも似た武士の本望・本懐が垣間見えます。

一方、巴はというと、「木曽殿、巴を召して、己は女なれば、是よりとうとう何地へも落ちゆけ。義仲は討死をせんずる也。若し人手に懸からずば、自害をせんずれば、義仲が最後の軍に、女を具したりなど云はれん事、口惜しかるべしと宣へども、猶落ちも行かざりけるが、余りに強う云はれ奉って、あっぱれ好からう敵の出で来よかし。木曽殿に最後の軍して見せ奉らん」（『平家物語』）と、主君義仲のために生き、戦ってきたのに、女だという理由でここで一緒に死なせてはもらえない悔しさ、口惜しさが滲み出ております。ただ、同じ『平家物語』でも、義仲が巴に自らの後世の供養を理由に生き延びることを命じる「百二十句本」もあり、また『源平盛衰記』では、「我去年の春信濃国を出でしとき妻子を捨て置き、また再び見ずして、永き別れの道に入ん事こそ悲しけれ。されば無からん跡までも、このことを知らせて後の世を弔はばやと思へば、最後の伴よりもしかるべきと存ずるなり。疾く疾く忍び落ちて信濃へ下り、この有様を人々に語れ」と語ります。ただ女だからという理由だけでは素直に納得は出来ぬ巴に「あとを弔っておくれ、そしてボクの最期の様子を語り伝えておくれ、これはキミにしか出来ないことなのだから♡」と言う義仲。これでようやく巴は落ち延びる決心が出来たと、能の作者は一人の女としての巴の想いを描こうとしたのだろうと思われます。

巴が語る木曽の最期

能『巴』では木曽の最期について、巴の口から次のような内容で語らせます。

「義仲さまの御最期。それは寿永三年の一月のことでしたわね。そんな頃でしたから、粟津の原にはまだらに雪が残っておりました。義仲さまはそんな中を鳰の湖の汀を目指し、馬の走るに任せて落ち延びてゆこうとしていたそのとき、薄氷の張った深田に駆け込んでしまいましたの。右も左も鐙《あぶみ》はズブズブと泥に沈み、下りるに下りられず、手綱に縋ってどれほど鞭を打っても馬は身動きが取れず万事休す！　と、そこへ私が駆け寄せてみますと、義仲さまは酷い傷を負われてらしたので、直ぐに別の馬に乗り換えさせて、この松原に御供したのです。そこで、どうか御自害なされてください。私も共に自害いたしますから…と申し上げましたら、お前は女だからどこへなりとも落ち延び生きてゆけよう。この肌身の御守と形見の小袖、これらを木曽に届けておくれ。よいか、もしワシのこの命令をイヤだと言ったら、其方との主従の契りは解消、永久に絶縁であるぞ…だなんて仰るんですもの。涙が止まりませんでしたわ。さてそうこうするうち、向こうを見ますと敵が大勢攻め寄せて来ますでしょ。義仲さまが御自害なさる、その時間を稼ぐために薙刀を持ちまして私、敵を散々に斬り払い、斬り立て、追い掛けますと、敵どもはみな一目散に逃げていってしまいましたわ。さて松原に戻ってみますと、義仲さまは既に御自害なされておりました。その枕元には御小袖、その上には肌の御守が置かれ、私は涙ながらにこの形見をいただき、義仲さまの亡骸に御暇を申し上げましたが、あぁ、どうして私だけ生きてここを立ち去ることなど出来ましょう。やはり私もこの場で死のお供を！と思いましたけれども、あれ程の御遺言を背くわけにはゆきませんでした。粟津の汀で鎧兜を脱ぎ、梨子打烏帽子《なしうちえぼし》も同じく脱ぎ捨て、形見の小袖を身に纏い、義仲さまが最後まで佩《は》いてらした小太刀をそっと衣に隠し持ち、信楽笠を深々と被り落ちる涙を隠してただ一人落ち延びた後ろめたさ、命《めい》を背かず義を貫きはしましたけれども、女ゆえの深い深い悲しみ、残る執心をどうぞ弔ってくださいまし」

能『巴』の後半、巴が木曽の最期を語る件《くだり》で、能の作者は本説となる『平家物語』の内容から大きく外れた脚色を施します。『平家物語』を知っていれば能『巴』の中で巴が語るこの木曽の最期は、ある種「嘘」であることがすぐにわかります。まして、『平家物語』に則って木曽の最期を物語る能『兼平』がありますから、どういう意図で作者はこのように語らせたのでしょうか。本文の最後で巴は僧に「うしろめたさの執心」という言葉を用いながら「命を背かず義を貫きはしましたけれども、女ゆえの深い深い悲しみ、残る執心をどうぞ弔ってくださいまし」と結びます。この「うしろめたさ」は、女ゆえに最期の供が出来なかったこと、一人落ち延び生き長らえたことことも当然のことながらあろうかと思われますが、長の年月、義仲を想い続けるうちに、不覚にも敵に首を取られ永き瑕《きず》となってしまった義仲の最期を、「せめてこうであったらよかったものを」と、巴が妄想した木曽の最期にすり替えてしまったことを言っているのかもしれないとも思うのです。本書第5章『梅枝』の項でお話しますが、長年にわたる強い想いからくる妄想で、いつしか「事実」が捻じ曲げられ、その捻じ曲げられた「事実」が自分の中で「真実」となってゆく現象、最初は嘘とわかっていて吐いた嘘が、いつのまにか本当のことのように思えてくる……。よくある心理現象ですが、巴は自らが語っている木曽の最期が自分の妄想であって、事実でないことをもちゃんとわかっていて、それでも、そういう風にでも語らなければ心のバランスが取れない、そんなことを引っ括《くる》めた「うしろめたさ」

なのかなとも思われるのです。この「うしろめたさの執心」が能『巴』のテーマであれば、風体は二番目の修羅物風ですが、平成三年(一九九一)の月刊『観世』四月号の特集・巴の項で大谷節子氏も指摘されているように、内容的には『梅枝』と同じ四番目の雑能に組み込まれるのが本来といえるかと思います。

『能本作者注文』『自家伝抄』『舞芸六輪』などの資料から、能『巴』は室町時代後期頃に成立していたことはハッキリとしていながら、あまり上演されてはいなかったようです。江戸時代の『寛文書上』では五流すべてが上演曲に入れておらず、稀曲好きの綱吉・家宣の頃に上演記録がみられ、『享保書上』で喜多流が上演曲に入れ、観世流では書上には入れるものの、「急には勤め難く候」とし、また金剛流も「珍しき能」としております。宝生流は『天保書上』から上演曲とし、金春流では、江戸時代を通して正式な上演曲として提出されていないといいます。

現代では最もポピュラーな曲の一つとなっておりますが、江戸時代には修羅物風に仕立てられた女の執心の能は、余り好まれなかったのかもしれません。今どきの感性でこの曲をみると、巴御前の凛としたカッコよさと、家臣としての忠義、また女性として義仲を想う切なさにグッと惹き込まれる、素敵な曲だと思うのですが……。

通《みち》盛《もり》

【能のうた】

我が恋は細谷《ほそたに》川のまろき橋
　ふみ返されてぬるる袖かな
（『平家物語』「小宰相身投」　平通盛）

返し

只頼め細谷川のまろき橋
　ふみ返しては落ちざらめやは
（同右　女院（上西門院））

この歌は、通盛と小宰相《こざいしょう》の局が結ばれるきっかけとなったエピソードとして、能『通盛』の間狂言《あいきょうげん》の語りの中に取り入れられている。

上西門院《じょうさいもんいん》（一一二六～一一八九。鳥羽院の第二皇女、統子《むねこ》内親王。母は待賢門院璋子《たいけんもんいんたまこ》。同母兄弟は崇徳院、後白河院、覚性法親王《かくしょうほっしんのう》）の女房であった小宰相の局が十六歳のとき、上西門院のお供をして法勝寺の花見に出掛けたところ、通盛が小宰相を見初めて一目惚れ。以降三年に渡りラブレターを送るも、小宰相はまったく靡く気配はなし。これで心を開いてくれなければ諦めようと、最後の手紙を差し出す。しかし通盛の手紙を託された使いの者はいつも取り次ぎをしてくれる小宰相側の女房に会うことが出来ない。困惑しているところに、里から御所へ出勤する小宰相の牛車に遭遇し、通盛の手紙を牛車に投げ入れる。

さて小宰相はこの手紙を牛車の中に放置することは出来ないし、かといって車から投げ棄てるわけにもゆかず、仕方なく袴の腰に挟んで仕事をしていると、気づかぬうちにその手紙を落としてしまう。その手紙を拾った上西門院が「どなたのお手紙かしら?」と尋ねるも、「私のところに来た手紙です」と答えることが出来ず、顔を赤らめてモゾモゾしている小宰相をみて、上西門院も「あら、通盛さまからなのね♡」と察して手紙を開ける。「たやすく人に靡かない貴女の心の強さが頼もしく思われます。」と書かれた上に一首詠まれていたのが冒頭の通盛の歌である。

「あなただって通盛さまのことを本当はお慕いしているのに、頑なままでは幸せを取り逃がしてしまうわよ。」と、上西門院は優しく小宰相を諭し、お節介にも上西門院自ら返歌をする。これがキッカケとなり、通盛と小宰相は結ばれる。

『平家物語』の中では、小宰相の局と通盛の仲を取り持った人物の名を「女院」としているので、ともすると同作で最もよく知られた「女院」こと「建礼門院」のことかと思いたくなるが、ここでの「女院」は「上西門院」のこと。なぜなら、小宰相の局は上西門院の女房だからである。女院は固有名詞ではなく、天皇の生母や后、内親王などで、「院」または「門院」の称号を与えられ、上皇に準ずる待遇を受ける女性を指す言葉である。

［現代語訳］

「私の恋」と掛けまして、「細谷川の丸木橋」と解きます。その心は「踏み外してずぶ濡れ…文返されて失恋の涙でずぶ濡れ」でしょう(T_T)

返し

あらまあ。でも、大丈夫よ、ご安心なさいませ。細谷川の丸木橋を踏み返して踏み外し、川に落ちてしまっているのは貴方ばかりではございません。あの娘はもう既に貴方を想い、恋に落ちてしまっておりますわ。上西門院より(^^)

【能『通盛』】

＊あらすじ＊

阿波国《あわのくに》の鳴門で夏の修行を終えた僧（ワキ・ワキツレ）がこの浦に果てた平家の人々を毎夜磯辺で弔っていると、ある晩、篝火を焚いた釣舟が近づいてくる。釣舟の漁翁（前シテ）と海《あ》女《ま》（前ツレ）は艪を止め、僧たちの読誦するお経に聞き入る。それに気づいた僧は漁翁にもっと磯近くまで舟を寄せるように求め、篝火の明かりで『法華経』を読誦する。経を読み終え、僧がこの浦で果てた平家の人々について尋ねると、漁翁と海女は、平通盛の妻の小宰相の局が一ノ谷で通盛が討ち死にしたことを知り、悲しみの余り船から身を投げ入水自殺した事を仕方噺に語り、そのまま海に姿を消してゆく。（中入）

通盛と小宰相の局を弔い『妙法蓮華経』方便品《ほうべんぽん》第二を読誦していると、通盛（後シテ）と小宰相の局（後ツレ）が在りし日の姿で現れ、一ノ谷の合戦前夜に名残を惜しんで過ごしたひときの様子を語り、最期の戦さの模様を再現し回向を頼む。やがて二人は僧たちの読誦する『法華経』の功徳により成仏してゆく。

季節：七月（旧暦）　　作者：井阿弥（世阿弥改作）

＊解説＊

平通盛

平通盛は、教盛（清盛の三番目の弟）の嫡男。弟には武勇伝の多い教経《のりつね》、業盛《なりもり》、出家した忠快《ちゅうかい》がおります。仁平三年（一一五三）生まれ、寿永三年（一一八四）一ノ谷の合戦で没。享年三十二。平家の最盛期に生まれております。永暦元年（一一六〇）八歳の正月に蔵人、二月に従五位下。この歳で元服しているのです。以降もスピード出世で安元二年（一一七六）正月に越

117 通　盛

篝火をあおぐ漁翁（前シテ）と海女（前ツレ）

前守となります。しかし治承三年（一一七九）七月、平重盛が死去すると、十月、後白河院は重盛・通盛が知行していた越前国《えちぜんのくに》を没収、通盛も越前守を解任されます。これに憤った清盛は十一月、数千騎の兵を率いて福原から京の都に入り、後白河院の院政を停止、クーデターを起こします（治承三年の政変）。このクーデターによって通盛は再び越前守となります。寿永二年二月には従三位に上り、「越前の三位」とも呼ばれました。

治承・寿永の乱（源平の合戦）の記述の中にしばしばその名がみえる通盛。その人となりを伝えるエピソードは、『平家物語』の中では巻九「小宰相身投」、『源平盛衰記』では巻三十六、三十七、三十八に描かれるにすぎません。能『通盛』の後場、戦さの前夜の二人の最後の逢瀬のシーンを描いたクセの部分は『源平盛衰記』の巻三十六に記されております。これらわずかなエピソードが、我々の知りうる通盛と小宰相の局のすべて…といってもよいかもしれません。そして、この夫婦の絆の物語をほぼそのまま用い、『法華経』の功徳によって二人の霊魂を救済しようというのが、この能『通盛』なのです。

不思議な演出

阿波の鳴門の磯辺で、毎夜読経し、平家一門の人々を弔っている僧（ワキ・ワキツレ）の前に現れた一艘の釣り舟、そして漁師の叟（前シテ）と年若い海女《あま》（前ツレ）。漁師と海女の二人は、通盛と小宰相の局の霊が仮に現れた姿であろうことは誰の目にも明らかです。しかし舞台が進行してゆくうち、ふと気になる点が出て参ります。巌の上の僧が読誦するお経の傍ら「龍女変成と聞く時は。姥も頼もしや、叟はいふに及ばず……」という地謡の言葉が耳に入ってきます。「龍女変成」とは、「『法華経』を信じて精進すれば、龍女でさえもたちどころに変成男子《へんじょうなんし》と成り、然る後に仏となることができるのである。まして況んや人間の女性をや……」の略で、女性も必ず成仏ができるという意味です。なのでこの海女も喜ぶのですが、謡の文言は「姥」です。登場している海女は年若い女の姿……。どうにも噛み合いません。しかしこのツレの海女を若い女性の出立ちとしているのは観世流だけではなく、他の四流、宝生・金春・金剛・喜多もみなそうなのだそうです。井阿弥の原作を世阿弥が改作して上演していた当時は姥の出立ちであったのでしょうか…、謎です。しかし、お爺さんの姿のシテと、年若い女性の姿のツレは能『竹生島』でもありますし、「姥」といいながら若い女性の姿で登場する能『通小町』もありますので、能を観慣れた方々には比較的受け入れやすい矛盾かもしれません。ですが、何らかの根拠がなくては五流すべてで同じ矛盾をよしとして上演はしないのではないかと思われます。

　私の考える一つの可能性は前場のクライマックス、中入り前の、小宰相の局の入水を再現するシーンです。このとき、小宰相を引き止める乳母を漁師のお爺さん（通盛の霊）が再現します。もし海女（小宰相の霊）を姥の出立ちにすると、引き止める乳母の手を振り切って海に飛び込む小宰相…というより、爺さんが婆さんを海に突き落とした…みたいな風情となってしまい、「悲しい」シーンというより、「なんだかビミョ〜」な雰囲気となってしまうので、「姥」といいながら敢えて視覚的にも小宰相をイメージできる、年若い女性の役柄としたのかもしれません。真意のほどは、やはり謎でございます。

読誦の聲を聞く時は

瞋恚《しんい》（怒り）の心で戦さをして人を殺め、自らも命を落とした通盛。そして通盛の子を懐妊しながら、たとえこの先その子を産んでも「それを見んごとには昔の人のみ恋しくて、思ひの数は増さるとも、慰むことはよもあらじ」「まどろめば夢に見え、醒むれば面影に立つぞとよ。生きて居て、とにかくに人を恋しと思はんより、水の底へも入らばやと思ひ定めて有るぞとよ」と乳母に語って海の底に沈み、僅か二十年の生涯を閉じた小宰相の局。その罪ゆえ浮かぶことあたわぬ二人でしたが、『法華経』に導かれ、苦しみを耐え忍び、他を利《り》するという忍辱慈悲《にんにくじひ》の姿となります。そこへ阿弥陀仏と諸菩薩が来迎し、この二人を極楽に往生させてくれるのです。

能『通盛』のキリ（終曲部分）の謡（「読誦の聲を聞く時は。読誦の聲を聞く時は。悪鬼心を和らげ。

忍辱慈悲の姿にて。菩薩もこゝに来迎す。成佛得脱の身となりゆくぞ有難き。身となりゆくぞ有難き）は、言葉も節も能『葵上』とまったく同じです。前後の脈絡、すなわち『通盛』ではワキの待謡にある「方便品を読誦する」に呼応して「読誦の声を聞く時は」となります。一方『葵上』ではワキの横川の小聖は「ひと祈りこそ祈ったれ」といって刺高《いらたか》の数珠を押し揉み、悪霊退散の祈禱をしますので「読誦」ではないのです。そう考えますと、『通盛』が本来で、『葵上』が『通盛』のキリを流用したものと思われます。しかしながら、同じ日の演目で『通盛』と『葵上』が重なるときには、『通盛』のキリを「読誦の聲を聞く時は。読誦の聲を聞く時は。修羅の苦患を滅して。弘誓の舟に法の道。彼岸に早く到りつゝ。成佛得脱の身となりゆくぞ有難き。身となりゆくぞ有難き」と替えて謡うことになっております。よほど『葵上』には他に相応しい言葉がみつからなかったのか、『通盛』の方で融通し、更にそれらしい文言を当てて替えているのが、不思議でありながらまた面白いところでもあります。

清経のように世を儚んではいないけれども、教経のような豪傑っぷりもない。忠度や経正、敦盛のような文化芸術への執着ではなく、愛おしい妻へ執着する通盛と、夫へ執着する小宰相。修羅の能というには一風変わった夫婦の愛の物語です。

頼《より》政《まさ》

【能のうた】

埋もれ木の花さくこともなかりしに
身のなる果ぞ悲しかりける
（『平家物語』巻四「橋合戦」源頼政）

源頼政は長治元年（一一〇四）生まれ、治承四年（一一八〇）の没。平安時代末期の武将で公卿、そして歌人。源頼光の玄孫《やしゃご》にあたる清和源氏の中の摂津源氏。保元・平治の乱において、自らの義を貫き天皇方についたことで、結果として清盛と共に勝者の側に。それゆえ平家一党の時代にあって清和源氏の流れで唯一人、従三位にまで叙せられ源三位《げんざんみ》と称された。ただ、平家の政権下での頼政の立場は決して高いものではなく、従四位下に叙せられたのが仁安二年（一一六七）、六十三歳のとき。それから十年あまり四位のままであったのを、

のぼるべきたよりなき身は木の下に

椎（四位）をひろひて世をわたるかな　（『平家物語』巻四「鵺」）

と詠み、清盛は頼政の昇進をすっかり忘れていたことに気がつき、頼政を従三位に昇進させることにした、といういきさつがある。頼政が従三位に叙せられたのは治承二年七十四歳、最晩年のときのことである。

　歌人としての頼政は『詞花和歌集』以下、勅撰和歌集に五十九首入集、私歌集に『源三位頼政集』。

　この歌は下の句を「身のなる果ぞ悲しかりける」とするもの、また「身のなる果ぞあはれなりける」とするものもあり、謡曲『頼政』では「身のなる果はあはれなりけり」としている。

［現代語訳］

わしの人生は埋もれ木のようなもので、ついぞ花咲くことなどなかったのぅ。花が咲かねば実の成ろうこともありはしない。それでいてこの身のなろう果てといったら……。やはり無念よのぅ。

【能『頼政』】

＊あらすじ＊

諸国一見の旅の僧(ワキ)が京の都から奈良の都を目指す途中、宇治の里に立ち寄る。そこに一人の老人(前シテ)が現れ声をかける。辺りの名所旧跡を尋ねる僧に、老人は槇の島、橘の小島が崎、朝日山の恵心院を教え、その後平等院へと案内する。釣殿のそばにある扇型の芝生のいわれを問う僧に老人はかつてこの場所で繰り広げられた宮戦《みやいくさ》の物語を語り、源三位頼政が自害した跡であること、また今日がその戦さの行われた日で、頼政の自害した日、すなわち頼政の祥月命日にあたると語り、自身が頼政の霊であることを明かし、回向を頼み姿を消す。(中入)

扇の芝の前で頼政の跡を弔う僧の前に、合戦当時の姿で現れた源三位頼政(後シテ)は宇治川の合戦の様を再現して語る。そして遂に力尽き、この芝の上に扇を敷き自害するときに詠んだ辞世の歌「埋もれ木の花咲くこともなかりしに……」を詠じ重ねて回向を頼み、扇の芝の草の蔭に消えてゆく。

季節:五月(旧暦)　　作者:世阿弥

＊解説＊

以仁王《もちひとおう》の挙兵

諸国一見の僧(ワキ)が都から奈良へ向かう途中、宇治の里に参ります。そこに現れた宇治

125 頼　政

後シテ

の里人（前シテ）は辺りの名所旧跡を教え、僧を平等院へと案内します。釣殿のそばに残されている扇型の芝生が気になった僧は、何ゆえこの芝生は扇型なのかと里人に尋ねます。すると里人は「昔この所に宮さまの戦さがあって、合戦に負けた源三位頼政がこの場所に扇をうち敷き、自害して果てたその跡なのだ」と語ります。謡曲『頼政』では「宮戦《みやいくさ》」とだけ、極めて簡単にしか語っていませんので、平安時代末期の歴史に明るくない方にとりましては、何のことやらサッパリわからん！ということになりがちかと思われます。もちろん、その頃の歴史に詳しい方ならば、「宇治の平等院」「源三位頼政」「宮戦」のキーワードで、映画かテレビドラマのようにそのすべてが映像として目の前に見えてくるのかもしれません。ここでいう宮さまとは、後白河院の第三皇子（出家している兄の守覚法親王《しゅかくほっしんのう》を外して第二と数えることも）の高倉の宮以仁王《もちひとおう》のことです。

以仁王は仁平元年（一一五一）の生まれ、没したのは、この戦さ。治承四年、享年三十九。幼少の頃より学問や詩歌管絃、書に秀で、母の家柄もよかったため、皇位継承の有力候補でした。しかし、後に高倉天皇となる憲仁《のりひと》親王の母、建春門院（平滋子）の力が強く、母方の伯父で、従二位権中納言・検非違使別当・左兵衛督であった藤原公光が、永万二年（一一六六）、俄にその職を解かれ失脚します。また親王宣下を受けられなかったことも、建春門院の力によるものと考えられているようです。これらのことにより以仁王の皇位継承の可能性はほぼ消えてしまいました。

治承三年（一一七九）、平清盛は軍事クーデターを起こし、後白河院を幽閉し、院政を停止させます。後白河院の近臣たちの逮捕・解官・追放、さらには所領の没収がなされ、以仁王も長年所領としてきた城興寺の寺領を没収されてしまいます。平家勢力に対する長年の不満が蓄積していたところに所領の没収。さらに明くる治承四年二月には異母弟高倉天皇の譲位、生後まもない安徳天皇の即位…ここに百パーセント皇位継承の可能性がなくなった以仁王は、反旗を翻す心を固めることとなります。

頼政の謀反

一方、平家の政権の下、これといって何の華々しい活躍もなかった頼政ですが、遂に平家に反旗を翻すときがやって参ります。『平家物語』巻四「競」で紹介されているエピソードは次のようなものです。

頼政の嫡子、伊豆守《いづのかみ》仲綱が所有していた名馬「木の下《こした》」を、「見たいから連れて参れ」と平宗盛は使者を出しますが、「休養させるために田舎にやっておりますので、今は無理です」と仲綱は断ります。しかし、仲綱が「木の下」を乗り回している様子を平家の人々に目撃され、嘘と知った宗盛は憤り、「『木の下』を差し出せ！」と要求します。渋る仲綱に頼政は「例え金塊でできた馬であっても、宗盛殿がそのように御所望になるのであれば、差し上げなさい」と諭し、仲綱は［木の下］を六波羅へ差し出します。

確かに佳い馬ではあれど、仲綱の振る舞いが気に入らなかった宗盛は、［木の下］に［仲綱］と焼き印を押させ、名馬を見たいという客人があると、「それ、仲綱に鞍を置け！仲綱を引き出せ！仲綱に乗れ！仲綱に鞭を打て！ホウホウ！」と言って大笑いをします。これを聞いた仲綱は怒り心頭。頼政も余りのことに、遂に驕る平家に対し反旗を翻す決意を固め、同じく平家に対し一矢報いたいと思っている以仁王に挙兵を勧め、王は自らを最勝親王と称し、「平家打倒！」の令旨を全国の源氏に出します。治承四年四月のことでした。

橋合戦へ…

しかし、翌五月には平家方に挙兵計画が露見してしまいます。以仁王たちは三井寺（園城寺）と延暦寺、奈良の興福寺の決起も見込んでいましたが、もともと三井寺と仲のよくなかった延暦寺は、平家方の懐柔工作により中立静観の立場を取ることになります。興福寺は三井寺に加勢すると表明したものの、直ぐに加勢の衆徒たちが駆けつけられるわけではないので、延暦寺の協力を得ていない三井寺での籠城は厳しい状況と判断し、南都興福寺を目指して三井寺を後にします。

このあとのエピソード、すなわち宇治の平等院に陣を構え、宇治橋の橋板を外して源平双方が宇治川を隔てて対峙。筒井の浄妙《じょうみょう》や一来《いちらい》法師の戦いっぷり、平家方の足利（田原）又太郎忠綱の的確な指示で三百余騎が宇治川を見事に渡り、颯爽と対岸に上がった様子。敵味方入り乱れて戦う様。遂に自害する頼政の最期は、謡曲の本文、クセの冒頭部分から終曲部分に至るまで実にテンポよく謡われます。

準備が整わぬまま始めざるをえず、結果的には何も覆すことのできなかった以仁王と頼政の反乱。しかし、この戦さが平家を亡ぼす源平合戦の幕開け・端緒となったことに間違いはありません。

宇治川の水面を眺めつつ、無念の死を遂げた頼政の一党と以仁王に想いを馳せたくなる、そんな壮大なドラマです。

第4章「女」(三番目物)

男性を主人公とした曲もあるが、多くは女性を主人公とすることから「鬘物《かづらもの》」と呼ばれる。
幽玄の風情、歌舞の優美さに重きを置いたジャンル。

井筒
采女
千手
羽衣
藤
身延
吉野静

井《い》筒《づつ》

【能のうた】

あだなりと名にこそたてれ桜花
　年にまれなる人も待ちけり
（『伊勢物語』十七段）

この『伊勢物語』十七段は極めて短い段なので、ここに全文を挙げてみる。

年ごろおとづれざりける人の、桜のさかりに見に来たりければ、あるじ、
あだなりと名にこそたてれ桜花　年にまれなる人も待ちけり
返し、
けふ来ずはあすは雪とぞふりなまし　消えずはありとも花と見ましや

と、これだけである。『伊勢物語』の本文を読んだ限りでは、桜を見にやって来た「年ごろお

とづれざりける人」と「年にまれなる人も待」っていた主の関係性、すなわち友人なのか恋人なのか、或いは夫婦なのかは一切わからない。この物語の性格からして、素直に読めば「年ごろおとづれざりける」浮浪雲のようなのが男で、ずっと「待」っていたのが女、おそらく通い婚の男女のやりとりと理解するのが自然なようである。

綺麗に咲きはしても盛りは短く、すぐに散ってしまう桜を「あだなり」と表現する。これを一般的には「移り気で誠実さがない」と解釈するが、桜の花に自らを投影した歌であることを鑑みると、「残念ですけど賞味期限は短いの」くらいの意訳が必要かもしれない。男の訪れを待って、待って、待ち続ける女のジリジリとした心情からくる、あてにはならない男へのちょっとした嫌味の歌である。「人待つ女」といわれたのはこの歌によってのことと、能『井筒』のシテは後場の登場にこの歌を引用する。

［現代語訳］

花の盛りは短くて、人の心を喜ばせもしますが残念な気持ちにもさせるといわれる桜。たとえ盛りは短くとも、こうして滅多に来てはくださらないお方を待っていたのですよ。おわかりですか？　私だって、残念ですけど賞味期限は短いんですからねー※

返し

今日見に来なかったら、明日には雪のようにハラハラと散ってしまったろうね。でも雪ではないから融けて無くなることはない。しかしねぇ、散ってしまった花びらは、もはや桜の花とは言えまい。咲いていてこその桜だからね。君も賞味期限が切れたときには…ん、皆までは言うまい。

【能『井筒』】

＊あらすじ＊

諸国を巡る旅の僧(ワキ)が、奈良の都から長谷へ向かう途中、石上《いそのかみ》の在原寺で在原業平と紀有常《きのありつね》の娘の跡を弔っていると、どこからともなく一人の里の女(前シテ)が現れ、井戸の水を汲んで閼伽《あか》の水とし、樒《しきみ》と共に塚に供える。この様子を見た僧が女に声をかけると、この塚の主は在原業平なのだと女は述べ、僧に請われるままに業平の昔物語を語る。まずは紀有常の娘と結婚した後「風吹けば沖つ白波龍田山 夜半にや君がひとり行くらん」と詠んだ歌で業平の河内通いがなくなったこと、そして幼馴染みであった二人が結婚するに至った「筒井筒井筒にかけしまろがたけ 生ひにけらしな妹見ざる間に」「比べ来し振分髪も肩過ぎぬ 君ならずして誰かあぐべき」の歌のやりとりを語る。ただならぬものを感じた僧が女の名を問うと、実は紀有常の娘であると明かして井筒の陰に姿を消す。(中入)

更けゆく月明かりの下で僧が静かに待っていると、業平の冠と直衣《のうし》を身に纏った紀有常の娘の霊(後シテ)が現れる。「筒井筒」の頃からいろんなことがあったけど、今も恋しい気持ちに変わりはないと、昔を懐かしみ舞を舞う。変わらぬ想いに形見の冠直衣の姿で井戸を覗き込む…薄明かりに浮かび上がる業平の姿、溢れくる涙……。ほのぼのと明けゆく空、梢をわたる松風。僧の夢は覚め、女の姿は消えてゆく。

季節：九月（旧暦）　作者：世阿弥

＊解説＊

契りし年はつゝ井筒

前著『能のうた』第3章『杜若』の項に詳しく記しましたが、在原業平が上級貴族階級の元服の儀式にあたる初冠《ういこうぶり》をしましたのは、『続日本後紀《しょくにほんこうき》』によれば業平が二十五歳の年にあたります。一般的には十一、二歳から十六、七歳くらいになされるこの初冠を、業平はおよそ十年見送られ続けました。その理由について、はっきりとしたことはわかりませんが、おそらく業平の祖父にあたる平城《へいぜい》天皇が、藤原薬子《くすこ》とその兄の仲成とに唆《そそのか》され、大同五年（八一〇）に都を再び平城京に移して天皇に重祚しようとして失敗した「薬子の変」の影響であろうと考えられます。業平の父である阿保《あぼ》親王は、この「薬子の変」で連座の罪に問われ、弘仁元年（八一〇）から、平城帝が崩御する天長元年（八二四）まで九州の太宰府に左遷させられます。

嵯峨上皇からの赦しを得て阿保親王が都に戻った明くる年、すなわち天長二年に業平は誕生

後シテ

しますが、翌天長三年、阿保親王は嵯峨上皇、淳和天皇に忖度したのか、上表を提出して自らの三人の王子である仲平、行平、業平を臣籍に降下させ、在原姓を賜ります。

業平が十八歳となる承和九年（八四二）、阿保親王は亡くなります。父の後ろ盾をなくした業平を支えてくれたのが、紀名虎《きのなとら》・有常《ありつね》の親子でした。名虎は四人の娘のうち種子《たねこ》を仁明天皇の更衣に、静子《しずこ》を道康《みちやす》親王（文徳天皇）の更衣としていましたので、藤原氏には及ばぬものの、当時の紀氏は宮中においてかなりの力を持った一族でありました。阿保親王は、自らの亡きあとの業平の後見を名虎と有常に託したのではないでしょうか。業平がまだ子どもであった頃から名虎・有常と家族ぐるみの付き合いであったとすると、業平は有常の娘が生まれた頃から年の離れた兄のような存在であったともいえるでしょう。天皇家の血筋である業平と、天皇家に更衣を送り出し、親王を得ている紀氏の娘の婚姻は、政治的にみても自然ですし、幼い頃からの親しい間柄という点でも自然な流れであったことでしょう。

この二人の結婚の正確な時期はわかりませんが、能『井筒』の作者である世阿弥は有常の娘が「契りし年はつゝ井筒」と書いております。年齢が「つゝ井筒」とは、どういう意味なのでしょうか。「つゝ」は「つゞ」と同義で「十」を表し、「井筒」は「いつゝ」で「五」を表しております。ということは、十に五を足して十五。つまり、「結婚したのは十五の年」という意味になります。業平と有常は、有常が十歳の年長ですから、仮に有常が二十歳の頃に娘を設けておりましたら、「契りし年は」有常三十五歳。そこから十歳差し引いて、業平二十五歳の年となり、業平初冠の年にこの二人は結婚したと…能『井筒』の中では、そのように読んでみてよいのでしょう。

形見の直衣身にふれて

能には恋しい人の形見の衣装を身に纏い、もの狂おしく舞（「中之舞」「序之舞」「楽」など）を舞う曲がいくつかあります。本項の『井筒』、それから『松風』『富士太鼓』『梅枝』、そして『木賊《とくさ》』。もの狂おしく…というのではないけれども、『井筒』と同じ出で立ちとなる『杜若』。『井筒』は紀有常の娘が夫の在原業平を想い、『松風』は須磨の海女《あま》が寵愛を得た在原行平を想い、『富士太鼓』と『梅枝』は雅楽の楽人の富士の妻が、ライバルの浅間に殺されてしまった夫を想い形見の衣装を身に纏います。『木賊』は行方知れずになった幼い息子を想う老父が子どもの衣装を身に纏い、『杜若』は杜若の花の精が藤原高子の唐衣、業平の冠を身に纏います。『杜若』は花の精なのでさておき、『木賊』は父が息子の…と、同性のことなのでこれもさておきます。『井筒』『松風』『富士太鼓』『梅枝』はいずれも、女性が恋しい男性の形見の衣装を身に纏う作りとなっております。「女性が男装する」という演出に至った根拠を推測するに、「恋しい人の形見の衣装を身に纏い、もの狂おしく舞う」ときに、ビジュアルの上で美しい風姿を求めた結果、そこはやはり「女性が男装する」設定の物語に落ち着いたのだろうと思われます（尤も、その女性の役柄を演じているのが男性の役者であったりするわけで、そもそもややこしい作りではあります）。ただ、恋しい人の形見と、それに残されたその人の匂いが官能的に作用し、激情が沸き起こるのに男女の差はないので（いや、この感性については女性よりも男性の方が強いのではないかと、私は感じております）、相手に対する執着がどの程度のものなのかが、この「もの狂おしく」ということを表現する上での鍵となるのだと思います。

ついに叶うことのなかった恋。心がすれ違ったり、どこかに悔いがあったり、悲しい想いの残る恋に、いつまでも未練が残る。未練、言い換えれば、執着。ここから離れることが出来ないと、その魂は苦しい恋の妄執に苛《さいな》まれることとなります。能ではこの恋の妄執の苦しみを女性の専売特許のように作品化しておりますが、未練たらしい所謂《いわゆる》「女々しい」性格というのは、この現実世界においては、その文字とは裏腹にもっぱら男性に多くみられるように感じます。「恋しい、恋しい……」と主人公の女性に言わせている、つまりそういう脚本を書いているのは男性なわけです。キレイな女性の役柄として演じている、その未練たらしい性格の本質は、実は男の内面性に見られる特性なのではないでしょうか。私の極めて個人的な感覚なのですが、これは田山花袋の小説『蒲団』の感性と似てるように思うのです。

萌黄唐草の敷蒲団と、綿の厚く入った同じ模様の夜着とが重ねられてあった。時雄はそれを引き出した。女のなつかしい油のにおいと汗のにおいとがいいも知らず時雄の胸をときめかした。夜着の襟のビロードの際立って汚れているのに顔を押し付けて、心のゆくばかりなつかしい女のにおいをかいだ。

性欲と悲哀と絶望とがたちまち時雄の胸を襲った。時雄はその蒲団を敷き、夜着をかけ、冷たい汚れたビロードの襟に顔を埋めて泣いた。

薄暗い一室、戸外《おもて》には風が吹き暴《あ》れていた。

(田山花袋『蒲団』)

一九八〇年代の始め、能と出会ったばかりの大学生であった私は、明治四十年(一九〇七)に発表され、自然主義文学の代表的作品といわれているこの小説の、この最後の件《くだり》を読みながら、「あぁ、なんか『井筒』っぽいな」と感じたのです。これを女性目線ではどう感じられるかと思い、当時五十歳にならんとしていた私の母に田山花袋の『蒲団』を読ませて感想を聞いてみましたら、母は「気色《きしょく》わる、女々しくて、わしゃよう好《す》かん」と言っておりました。私の母に聞いてみたことが適当であったか否か、それはわかりませんが、中年男の女々しさ、生々しさが妙に汚らしく感じられ、そしてそこばかりが際立ち過ぎて、私が言う『井筒』っぽいなどという感覚には至らなかったようでした。恋しい人の形見を身に触れること、恋しい人の匂いを感じつつ一体感に包まれ、恋しさ切なさに涙する…といえば、どちらも根底にある感覚は同じなのだと思うのですが。

月やあらぬ…

序之舞の後の謡の中でシテは「月やあらぬ。春や昔と詠めしも。何時の頃ぞや」と謡います。この「月やあらぬ春や昔の春ならぬ　わが身一つはもとの身にして」の歌は本書第5章『小塩』の項でも紹介しておりますが、『古今和歌集』の恋歌五に、『伊勢物語』四段の本文とほぼ同様の長い詞書きがされて収録されております。更に『古今和歌集』の仮名序の中で、紀貫之はこの歌を踏まえ在原業平の作風評として「在原業平はその心あまりて、ことばたらず。しぼめる花の色なくてにほひ残れるがごとし」としています。この歌は、後に清和天皇となる惟仁《これひと》親王に入内《じゅだい》することが決められていた藤原長良の娘、藤原高子に業平がチョッカイを出していた頃の歌です。おそらく、これは藤原高子が成人した（四位に叙せられた）十六、七歳前後、業平が三十三、四歳の頃のことです。そもそもこのチョッカイは藤原氏の全盛を阻む政治的な目論見からのことでしたが、後から本気の恋の気持ちも湧いてきたようです。それでもその後の業平と高子は「大人の対応」を貫きました。一方、その業平が高子を口説き落とすのに夢中でいた当時、有常の娘は、父の有常がもっぱら伊勢や肥後の権守といった地方勤務ということもあり、相談する相手もなく、寂しい想いをしていた…のではないか。しかしながら有常の娘は、幼い頃からの互いの性格を知り尽くしていたので、業平は必ず自分の元に帰って来てくれると信じて「待つ女」になっていた。そんなふうに考えて世阿弥は『伊勢物語』第二十三段を踏まえ、この作品を作ってみたのかもしれません。そうでなければ「風吹けば沖つ白浪たつた山夜半にや君がひとりこゆらむ（ゆくらむ）」（貴方、どうかご無事で♡）なんて歌で、夫を快く河内の愛人のもとへと送り出したりはしないでしょう、普通。

「月やあらぬ」の歌の心は、藤原高子を口説いていた頃の業平の想いを詠んだものですが、今は帰らぬ業平を一人待つ有常の娘の心持ちを代弁した歌として、能の作者である世阿弥はこの作品を通して訴えかけているように思われます。「月やあらぬ春や昔の春ならぬ　わが身ひとつはもとの身にして」を「人待つ女」の立場で現代語訳すると、「月も、移りゆく季節も、そして私の想いも、昔と何も変わってはおりません。あれから幾歳月が経ちました今でも、私はこうして貴方を想いつつここで待っております。恋しゅうございます、せつのうございます」と、そんなふうに読めるように思われます。

✤

✤

✤

この能を観るすべての人の脳に去来する、逝きては還らぬ自らの過去の恋の物語。それを懐かしく思う心に働きかける、そんな一曲です。

采女《うねめ》

【能のうた】

あさか山かげさへ見ゆる山の井の
　浅くは人をおもふものかは　（『大和物語』百五十五段）

この歌は、百済から渡来した学者の王仁《わに》が大鷦鷯尊（仁徳天皇）に即位を勧めた歌とされる

難波津に咲くやこの花冬ごもり
　今は春べと咲くやこの花

と共に「歌の父母のやうにてぞ、手習ふ人のはじめにもしける」と、紀貫之が『古今和歌集』の仮名序に記している歌で、能『難波』（本書第2章）や『蘆刈』にも引用されている。なおこの「あさか山」の歌は『万葉集』巻十六　三八〇七にある

安積香山影さへ見ゆる山の井の
浅き心をわが思はなくに

の下の句を変えて『大和物語』に収録されている。『万葉集』に付記されている注釈によると、葛城王《かづらきのおおきみ》（＝橘諸兄《たちばなのもろえ》）が陸奥に赴任した折、国司の接待が行き届かず甚だ不機嫌になったのを、かつて采女を務めていた女がお酌に立ち、王《おおきみ》の膝をトントンしながら詠んだら王のご機嫌が直った歌だと説明している。

［現代語訳］
澄んだ湧き水が堰き止められた、浅い山の井の水に安積香山の姿が映っていますわ。それは浅い井の、浅か山の姿ではありますが、王さまをオモテナシしておりますこの者たちの気持ちは決して浅くはございませんことよ。それに私なんかは、もう王さまにぞ・っ・こ・ん♡

【能『采女』】
＊あらすじ＊
とある春三月の夜、春日大社を訪れた諸国一見の僧たち（ワキ・ワキツレ）。神社の境内で苗

木を植えている女性（前シテ）と遭遇する。これほどまで生い繁っている森林に、重ねて木を植えることの意味を尋ねる僧に女は、「山の木々の木葉一葉をも大切に思われる春日の明神さまは、人の世の煩《わずら》い多き言の葉の一葉一葉をみな引き受け、民の煩いを取り除いてくださる。それゆえみなの諸願成就を祈り木を植えるのだ」という。そしてお釈迦さまが『法華経』を説かれた霊鷲山《りょうじゅせん》に見立てられる三笠山、菩提樹に見立てられる藤かけの松の様子を讃え、僧たちを猿沢の池に案内する。昔この池に、帝の寵愛がなくなったことを怨み、身を投げたという采女のことを物語り、自らがその采女の幽霊であると明かして池の中に姿を消す。（中入）

夜もすがら池のほとりで『法華経』を読誦し采女のことを弔う僧たちの前に、再び姿を現した采女の霊（後シテ）。『法華経』の功徳により成仏への道が明らかになったことを喜び、その後、葛城王の機嫌を直した元采女のエピソードを語り、自身が曲水の宴で舞った折のことを再現する。和歌の功徳によって天地《あめつち》穏やかに、国土は安穏、四海の波は静かにと寿ぎ、采女の奏でる遊楽はまた御仏を讃えるもの…と語り、重ねての回向を頼みつつ再び猿沢の池に姿を消してゆく。

季節：三月（旧暦）　作者：世阿弥

＊解説＊

采女って?

大和の王権は、大王(天皇)を中心に中央の豪族たちが周辺の豪族たちを取り込みつつ、その勢力を強め、支配する地を広げてゆきました。支配といっても、中央の豪族たちも地方の豪族たちも、自らの土地や領民を所有しておりましたので、王権への協力・服属の証として一定の税(貢納)を納めることで、中央の豪族たちには臣《おみ》や連《むらじ》を、また地方の豪族たちには国造《くにのみやつこ》や県主《あがたぬし》といった姓《かばね》が与えられ、それぞれの領地を治めることが認められておりました。

しかしながら、この緩やかな統治では、地方の豪族たちに反乱が起こったときの対応が難しかったようで、大和の王権への服属の証に、地方豪族の姉妹、或は娘を人質・人身御供に大王(天皇)に差し出させた…というのが采女の起こりで、五世紀の後半から六世紀頃のことのようです。

重要な人質ですから、家父長の姉妹または娘が貢がれるわけですが、彼女たちは天皇だけが所有するものとされました。必然的に天皇の身の回りのお世話係となり、常にお側近くに侍りますので、当然のことながら美貌と歌舞の才能、細やかな気遣いのできるたおやかな人格が求められるようになったと考えられます。シェフ・ウエイトレス・コンパニオン・ヨロコビ組・遊女など、あらゆる才能を求められ、帝の寵愛を受け、子女を産んだ采女も少なくないようです。

147 采　女

後シテ

飛鳥~奈良時代にかけて律令制度が整備されると、采女は後宮の女官の最下層に位置付けられます。仕事は変わらず帝のための炊事や給仕などが主で、常時六十六名がその職にあたりました。天皇だけの所有ということも変わりありませんでしたので、他の男性と恋をするなど以っての外、口をきくことすら許されない立場であったようです。

能『采女』本説

能『采女』は、平安時代の初期、『伊勢物語』の影響を受けて成立したとみられる『大和物語』の百五十段をモチーフにして書かれております。『大和物語』のあらすじをみてみますと

昔、平城《なら》の帝の御時、一人の采女がいた。一度は帝の寵愛を受けたが、以来帝の寵愛はなくなってしまった。それを悲しみ、ある夜采女はひそかに後宮を抜け出し、猿沢の池に身を投げ自殺した。采女の死体が猿沢の池に浮かんでいるのを目撃した者が帝に報告をすると、哀れに思った帝は猿沢の池に行幸なされ、柿本人麻呂*に歌を詠ませた。「吾妹子が寝ぐたれ髪を猿沢の 池の玉藻と見るぞかなしき」(現代語訳:身投げしてしまったボクのハニー。寝乱れ髪のように水面に漂う彼女の髪が、猿沢の池の藻のようにゆらゆらとしている…あぁ、なんて悲しいんだ)。すると帝も「猿沢の池もつらしな吾妹子が 玉藻かづかば水ぞひなまし」

（現代語訳：猿沢の池もヒドイじゃないか！ ボクのハニーが身投げして藻の下に沈んじゃったんなら、干上がってくれたなら助かったものを）と詠まれ、池のほとりに墓を作らせて帰られた。

というものです。しかしこの事件がいつのことなのか、実はハッキリとはわからないのです。「平城の帝」を誰のときとみるのか……。柿本人麻呂に歌を詠ませていることから、江戸時代初期の学者である北村季吟は文武天皇のときのこととしておりますが、文武天皇の頃の都は藤原京です。平城京遷都は和銅三年（七一〇）、次の元明天皇のときですので、少しばかり時期が異なります。また、一般的に「平城の帝」という呼び名は、長岡京を経て平安京に遷都した桓武天皇の、一代後の平城《へいぜい》天皇を指しますが、柿本人麻呂が活躍した時代とは百年ほどの隔たりがあります。そのためでしょうか、能『采女』の中では「天《あめ》の帝」とし、「ある帝」くらいの意味にぼかしております。いつのことであっても、そんなことはどうでもよいのだと、割り切ってしまってもよいのですが、これがいったいいつのことであったのか、そして何ゆえ采女は「猿沢の池」で身投げをしなければならなかったのか……。どうにも気になるところです。

猿沢の池

猿沢の池は、興福寺の境内にあり、放生会《ほうじょうえ》の行事の折に魚を放つ放生池です。人工池ですので、興福寺が造られた後に出来たものと考えられます。

興福寺は、藤原（中臣）鎌足《かまたり》が山背国山階の自邸を寺とした山階寺を、壬申の乱の後に飛鳥の厩坂《うまやさか》に移転し厩坂寺と称したものを、平城京遷都に伴い、鎌足の息子である藤原不比等《ふひと》が平城京の外京《げきょう》に創建した、藤原氏の氏寺です。その境内の放生池でわざわざ身投げをするのですから、この采女ちゃん、何やら藤原氏に物申したいことがあったのでは？ つまり、寵愛をくださらない帝を怨んでというのは隠れ簑で、本当は藤原氏に何ぞ怨みがあったのではないでしょうか？

歴史的背景

持統天皇のブレーンとなった藤原不比等。あらゆる勢力を退け、娘の宮子を持統天皇孫の文武天皇に嫁がせ、大宝元年（七〇一）、首皇子《おびとのおうじ》が生まれると、藤原氏は一段と勢いを増します。が、養老四年（七二〇）に不比等が亡くなると、朝廷内では藤原氏と対立する、天武天皇の孫の長屋王がトップに立ちました。左大臣となった長屋王を牽制するため、当時まだ参議で、長屋王よりもかなり官位の低かった藤原房前《ふささき》（なお能では「ふさざき」と読みます）は、元正天皇《げんしょう》に働き掛けて、当時の律令制の官職にはない「内臣《うちつおみ》」（天皇に準ずる役職）を任命され、首皇子の後見人となります。そして、神亀元年（七二四）、首皇子が聖武天皇として即位したことで遂に藤原氏は天皇の外戚となり、天皇の信任を得た藤原氏は権力をほしいままにします。

天平元年（七二九）「長屋王は怪しげな呪術を学んで、国を傾けようとしている」と、謀反の嫌疑をかけられた長屋王と妃の吉備内親王《きびのひめみこ》と子どもたちはみな自尽し、一族は滅亡します。「長屋王の変」といわれるこの事件は、聖武天皇と光明子《こうみょうし》（不比等の娘）との間に生まれた基皇子《もといのみこ》が七二八年、満一歳で薨去されたことで、皇位継承の有力候補が長屋王と吉備内親王、そしてその子どもたちに移り、藤原氏にとって甚だ不都合であったことから、長屋王一族は藤原氏に抹殺されたのだといわれております。

吉備内親王は、天武天皇の皇子である草壁皇子と元明天皇（天智天皇の皇女）との間の皇女で、文武天皇・元正天皇の兄弟（姉妹）です。元明～元正と女帝が十九年続いたこの時期、采女として帝に仕えた人々は、男の天皇との関係とは異なり、女性の帝や皇女たちと深い信頼や、友情にも似た感情を持つ者もいたとは考えられないでしょうか。例えば、吉備内親王と親しくしていた采女が「長屋王の変」の黒幕と考えられる藤原氏に対し「物申さん！」とばかり、当てつけるかのように興福寺の境内、猿沢の池で吉備内親王の後を追い入水した……。そんなことがあってもおかしくはないかと思うのですが、妄想が過ぎますでしょうか。


吾妹子が…

話がだいぶ飛躍しました。ところで、『大和物語』の中で「吾妹子が寝ぐたれ髪を猿沢の……」と詠んでおりますのは柿本人麻呂です。ただ、専門家はこれを人麻呂の作とは考えてはいないようですが。「吾妹子」は「ボクのハニー♡」という意味ですので、入水自殺した帝の采女に対して、人麻呂が何ゆえこのような言い回しをしたのかわかりません。帝自身が詠んだとされる「猿沢の池もつらしな……」歌とも併せて考えますと、「吾妹子」「猿沢の池」「玉藻」のキーワードを入れて帝の心を詠む…などと、不謹慎な喩えですが和歌で大喜利みたいな遊びでもしたのでしょうか。いずれにしても帝の想いが歌となっているのだからと、能の作者は頓着せずにこれを帝の歌としているのかもしれません。

能の作者の狙い

能『采女』には「美奈保之伝」という小書《こがき》(特殊演出)があります。この小書がつきますと、前場のシテの登場から謡われる春日神社の話が一切省かれ、後場もクリ・サシ・クセに描かれる、葛城王《かづらきのおおきみ》が陸奥に赴任したときのエピソード等を省略します。どうしてそこまでの大幅な省略を入れるのかと申しますと、これは、猿沢の池で入水自殺をした采女だけに焦点を当てるためなのです。本来はその話だけで一曲を構成しようと、作者は考えたのではないかと思うのですが、それでは余りに「藤原氏批判」めいた作品になってしまう。中世において興福寺や春日大社は猿楽の大事な後援組織でした。そのご当地ものとして作った曲が藤原氏の批判を主題としては上演に支障があったのではないでしょうか。そこで、春日社の由緒を語り、他の采女たちのエピソードを挿入し、「帝を怨み……」といいながら君が代を寿ぎ、和歌の徳を礼賛して主題をぼかした結果、何だか捉え所のないような構成になってしまったのかもしれません。

暗いはずのお話でありながら、ふんわりとした春の穏やかで柔らかな雰囲気をも併せもつ、不思議な質感を感じたい…そんな曲です。

＊柿本人麻呂…斉明天皇六年（六六〇）頃の生まれで神亀元年（七二四）の没。飛鳥時代の歌人。山部赤人と共に歌聖と呼ばれる。三十六歌仙の一人。
　平安時代からは「人丸」と表記されることも多いのですが、本書の中では読みやすさを考慮し、「人麻呂」に統一しました。

千《せん》手《じゅ》

【能のうた】

神無月降りみ降らずみ定めなき
時雨ぞ冬の始めなりける
（『後撰和歌集』冬歌　読み人しらず　四四五）

『後撰和歌集』は『古今和歌集』に次ぐ第二番目の勅撰和歌集（天皇の勅命により撰進された和歌集）。村上天皇の天暦五年（九五一）、宮中の梨壺《なしつぼ》に撰和歌所が置かれ、源順《みなもとのしたごう》・大中臣《おおなかとみの》能宣《よしのぶ》・清原元輔《きよはらのもとすけ》・紀時文《きのときぶみ》・坂上望城《さかのうえのもちき》の五人の撰者によって撰進された。全二十巻、歌の数は一四二六首収められている。

この歌は能『千手』ではクセの中に「げにや世の中は、定めなきかな神無月。時雨降りおく奈良坂や……」と、時雨が降ったり止んだりするのと同じように世の中は定めないものと謡われる。また能『忠度』の中でも「その年もまだしき。長月頃のうす曇り。降りみ降らずみ定めなき。時雨ぞ通ふ村紅葉の……」と引用されている。

［現代語訳］
十月。降ってきたかな…と思ったらまた止んだり。なんだかハッキリとしない空模様でありながら、この時雨はハッキリと冬の到来を告げているんですねぇ。

【能『千手』】
＊あらすじ＊
一ノ谷の合戦で生け捕られ、源氏方の捕虜となり鎌倉に送られた平重衡《しげひら》（ツレ）は、狩野介《かののすけ》宗茂《むねもち》（ワキ）に預けられていた。捕らわれの身でありながらも、頼朝は重衡を丁重にもてなし、手越の宿《しゅく》の長者の女《むすめ》千手の前（シテ）を遣わして慰める。この日も千手の前は琵琶や琴を持って重衡のもとを訪ねてくる。前日に重衡は出家したい意向を千手に託し頼朝に伺いを立てていた。しかし「それは叶わぬ」との頼朝からの返事を伝える千手に、改めて自らの罪業を嘆く。折しもの雨…心晴れぬ重衡に宗茂は酒を勧め千手は朗詠するも、重衡の心はなかなか晴れない。ならばと別の詩を朗詠し、舞を舞い、重衡を案ずる千手の前。やがて重衡の心も打ち解け、自らも琵琶を手に取り千手の琴に合わせて妙なる調べを奏でる。夜が明けると、重衡には南都への連行の命令が下り護送される。後朝《きぬぎぬ》の別れ、凛とした重衡の背中を千手は涙ながらに見送るのであった。

季節：三月（旧暦）　作者：金春禅竹（との説あり）

＊解説＊

平重衡の生捕り

寿永三年（一一八四）正月、平家の人々はかつての本拠地、福原に陣を置き、京都奪還の体制を整えておりました。一方、源頼朝は後白河院より平家追討の院宣を下され、源範頼《のりより》・義経《よしつね》を追討軍の大将として任命し、福原攻撃に向かわせます。

福原では、東の木戸口にあたる生田の森に知盛《とももり》・重衡を、西の木戸口には忠度《ただのり》を、山ノ手には通盛《みちもり》を、丹波路を押さえるために資盛《すけもり》・有盛《ありもり》・師盛《もろもり》を三草山に配し布陣しておりました。

攻撃は二月七日。範頼軍は東の木戸口より、義経軍は西の木戸口から……。義経は、まず四日の晩に三草の平家軍に奇襲を掛け撃破します。敗走する平家を追いながら義経軍は南下し、播磨国三木で自軍を二手に分けます。安田義定・土肥実平らに一ノ谷を西から攻撃するよう明石方面に進行させ、自らは畠山重忠らと鵯越《ひよどりごえ》の山道を福原に向けて進みます。

七日朝、西の木戸の一ノ谷で合戦の火蓋が切られ、同時に大手の生田の森でも合戦が始まります。このときの戦さは源平共に互角の攻防であったそうです。

と、そのとき、鹿や猪、兎や狐くらいしか通れないとされた裏山の険*しい崖の上から義経軍

157 千　手

重衡と千手、後朝の別れ

のアリエナイ奇襲攻撃！　背後を突かれた平家軍はパニック状態。統率は崩れ、次第に山ノ手・西木戸は源氏軍に突破され、生田の森も範頼軍に攻め落とされてしまい、海上へと平家軍は逃れてゆくのでした。

この戦さで双方共に大勢の死者を出しましたが、ことに平家の一門は、通盛・忠度・経俊《つねとし》・敦盛《あつもり》・知章《ともあきら》・業盛《なりもり》・盛俊《もりとし》・経正《つねまさ》・師盛《もちもり》・教盛《のりもり》といった、一族の中心的な人々を多く亡くしました。また、このとき重衡は明石の浦にて自害するところを生捕りにされ、京都に送られます。

ひと月ほど都に留め置かれ、さまざまな尋問を受け、また讃岐の屋島にいる宗盛に三種の神器を返還するよう求めるための人質とされましたが、宗盛は勿論三種の神器を返還することはありませんでした。

三月十日、頼朝の命《めい》により、重衡は京の都を離れ関東に送られます。二十七日、伊豆の国府に到着。翌二十八日、伊豆北条にて頼朝に面会している様子が『吾妻鏡』にありますが、『平家物語』では鎌倉に到着したあとに重衡と頼朝は対面をしております。物語ではそこで頼朝に対して自らの所信を毅然とした態度で語る重衡の様子に、源氏の武将たちみなが感動します。武士として、公達としての品格と器量……。頼朝は重衡を狩野介宗茂《かのののすけむねもち》に預け、丁重にもてなすのでした。

頼朝の気遣い…千手を派遣

重衡のことを気に入った頼朝は、ある雨の夕べ、千手の前に琵琶や琴を持たせ重衡の慰問に向かわせます。千手は駿河国《するがのくに》、安部郡《あべのこおり》にある手越《てごし》の宿《しゅく》の長者の娘、つまり遊女です。遊女とは美貌と詩歌・管絃・舞踊の才能を以って高貴な人々に仕えるのがその仕事でした。頼朝に仕えていた千手の前同様、春の名曲として人気の能『熊野《ゆや》』の主人公である熊野も遠江国《とおとおみのくに》、池田の宿の遊女です。彼女は平宗盛に仕えておりました。

明日をも知らぬ身の上。多くの罪…殊に南都の衆徒平定の折、心ならずも東大寺・興福寺を焼いてしまい、多くの人を殺し、仏像・伽藍を灰にしてしまったこと…を語り、せめて様を変えて出家ができたらと願う重衡。生け捕られ都に戻った折に法然上人に打ち明けていた心の苦しみを映しているかのような今日の雨。勧められるままに盃に手を伸ばしてはみるものの、心は晴れない。

晴れぬ気持ちをせめて和らげるもの…それはやはり歌であり、音楽であり、舞なのでした。もっとも、キレイなオネエさんにお酌していただければ、それだけでもう充分癒しポイントは高いのではないか…と（あくまで私個人の感想ですが）。千手はまず菅原道真公の詩を朗詠します。

羅綺《らき》の重衣《ちょうい》たる

情けなきことを機婦《きふ》に妬む

［現代語訳］
薄くて軽いはずの羅綺の衣が何て重いんでしょう
きっと織り屋さんがイジワルして重くしたんだわ…と舞姫のボヤキ

この詩を詠ずると、詠む人ばかりか、聞く人々までも北野天満天神となられた菅原道真公が護ってくださるというのですが、重衡はこの世で犯してきた罪の数々、天神さまとて到底お守りいただけまいと尚も気持ちは沈んだままです。そこで千手は次に

十悪《じうあく》といふとも引攝《いんじょお》す

という、後中書王《ごちゅうしょおう》（具平親王《ともひら》）の詩を朗詠します。これは阿弥陀さまの誓願で、どんな悪人であっても念仏を唱えれば必ず引き受けて極楽に往生させてあげますよというものです。

十悪といいますのは、殺生《せっしょう》・偸盗《ちゅうとう》・邪淫《じゃいん》・妄語《もうご》・綺語《きご》・悪口《あっく》・両舌《りょうぜつ》・慳貪《けんどん》・瞋恚《しんい》・邪見《じゃけん》の、身に関する罪が三つ、口に関する罪が四つ、意《こころ》に関する罪が三つ、の合わせて十悪です。

殺し・盗み・よこしまごと・嘘つき・うわべだけのオベンチャラ・悪口《わるくち》・二枚舌・物惜しみ・

怒り・正しくない考え方…よくよく考えてみますと、日々日常の生活の中で私たちはこの十悪のうちのいくつかの罪は充分に重ねているのです。

重衡は都で束の間、法然上人に再会し、出家することは叶わぬものの、出家の真似事ながらも額に剃刀を当ててもらい、戒を授かった身です。この詩の朗詠には少し気持ちも和らいだことでしょう。

『平家物語』『吾妻鏡』によれば、このとき千手が演奏した曲は［五常楽《ごしょうらく》］で、これを重衡は「今の私の身の上には、さながら［後生楽《ごしょうらく》］だね」といい、「では［往生《おうじょう》の急《きゅう》］を弾きましょう」といって［皇麞《おうじょう》の急《きゅう》］を琵琶で弾きます（『平家物語』では千手は琴、重衡は琵琶となっておりますが、『吾妻鏡』では千手が琵琶で、重衡は笛を吹いております）。今どきならば親父ギャグと一蹴されてしまいそうな洒落をさらりと言って、奏でる音楽の見事なこと。さすがは花の都人よと頼朝を感心させております。

『平家物語』も『吾妻鏡』も重衡のつれづれを慰める件《くだり》はこの一件のみですが、重衡が鎌倉に滞在したのは実は一年余り。実際の重衡と千手の関係は随分と深いものとなっていたのかもしれません。重衡が亡くなった後に千手が出家していることなどを考えてみても……。

都から遠く離れた東の果。いつ処刑されるともわからぬ不安。来し方を省みゆく末を案ずる…そんな悲しみの中で、都のものにも劣らぬ千手の美貌と教養、そして芸の才。

たった一夜の宴。重衡の弾く琵琶、千手の琴。響きあう糸の調べ…二人の心の糸も亦たおやかに響きあう。そして訪れる後朝《きぬぎぬ》の別れ。能ではこのひと夜の宴の翌朝、重衡は再び都へと護送されることになります。

琴を枕の短夜のうたゝね。
夢も程なく東雲もほのぼのと。明け渡る空の…

夜が明け重衡にまた勅命が下ります。去りゆく重衡。この別れの先に待っているものが永遠の別れであることを知っているだけに、静かに去ってゆく重衡の後姿を見送る千手の胸のうちの想いには、ひと方ならぬものがあったことでしょう。

『吾妻鏡』では翌文治元年（一一八五）六月、重衡は再び都に連れ戻される途中、木津川にて斬首、享年二十九。重衡の死後、千手は善光寺にて出家、重衡の菩提を弔いつつ、当人もまた文治四年四月二十五日、二十四年の生涯を閉じております。

重衡の想い、また千手の想い……。遠い遠い昔のお話ではありますが、とても身近に感ずることができるように思われます。千手ちゃんの重衡への優しい心遣いと、憂いを含みながらも凛としたイイ男振りの重サマに想いを馳せてキュンとしたい、そんな一曲です。

＊源義経の「鵯越の逆落とし」は史実ではないとする説もあるのですが、あくまで文芸上の解釈として、そのような「逆落し的な奇襲攻撃」はあり、それゆえに平家軍の統率が崩れたものと理解したいと思います。

羽《は》衣《ごろも》

【能のうた】

天の原ふりさけ見れば霞立ち
　家路まどひて行方知らずも
（『風土記逸文』丹後国　奈具《なぐ》の社）

謡曲『羽衣』の中で、ワキの白龍《はくりょお》に天の羽衣を取られ、返してはもらえぬ悲しみにシテの天女が口にする歌

天の原ふりさけ見れば霞立つ
　雲路まどひて行方知らずも

は、ほぼ『風土記逸文』のままであるので、能の作者はロケーションを同じく『風土記逸文』の中の、駿河国《するがのくに》三保《みほ》の松原に採っていながら、この歌をはじめ、重要なポイントとなるところ

ではちょいちょい丹後国《たんごのくに》の話を織り交ぜている。
ところで、「天の原ふりさけ見れば……」といえば、多くは阿倍仲麻呂の

天の原ふりさけ見れば春日なる
　三笠の山に出でし月かも
（『古今和歌集』羇旅歌　阿倍仲麻呂　四〇六、『百人一首』七）

が頭に浮かぶのではないだろうか。
仲麻呂のこの歌は、『古今和歌集』には「もろこしにて月を見てよみける」と詞書きされ、更に付記されている注釈には、「仲麻呂は遣唐使として長年滞在していたが、帰国を促す日本からの使者が来て、いよいよ唐を出立することとなった。友人達からの送別会の折、夜になって月が綺麗に上ったのを見てこの歌を詠んだのだと語り伝えられている……」という内容の解説がなされている。仲麻呂は最終的に日本への帰国が叶わなかったので、唐を発つときに希望をもって詠んだのか、はたまた帰国が叶わず絶望感をもって詠んだのかで、この歌の持つ意味合いが変わってくることになろう。仲麻呂が渡唐したのは養老元年（七一七）。元明天皇が『風土記』撰進の詔を出したのは和銅六年（七一三）。仲麻呂が渡唐する前に丹後国の風土記を

目にしていたか否かはわからないが、長年人間界に留まったことで、遂に天上界に帰ることが出来ず、悲しみに暮れて冒頭の歌を天女が詠んだという、丹後国の風土記を知っていたからこそ、船が難破し、とうとう日本への帰国が叶わなかった仲麻呂は、自らの境遇を天女に重ねて本歌取りに「…三笠の山に出でし月かも」の歌を詠んだとみてはどうだろうか。ときに、仲麻呂に帰国を促す使いが渡唐したのは天平勝宝四年(七五二)のことのようである。このときでさえ既に在唐三十五年…余りに長い年月である。

[現代語訳]

遥かに大空を仰ぎ見てみますと、霞が立ち込めてしまい、帰るべき家路がハッキリとわからなくなってしまって、どうやら私、完全な迷子ちゃんになってしまいましたわ。

[仲麻呂の歌の現代語訳]

遥かに大空を仰ぎ見て見えるあの月は……。かつて奈良の都、春日の三笠の山の上に見た月と同じ月。懐かしいなぁ、故郷のみんなはどうしているだろうか……。

【能『羽衣』】

あらすじ

春の三保の松原。漁から戻って来た漁師の白龍(ワキ)と仲間の漁師たち(ワキツレ)が三保の松原に上がって来ると、辺りには芳香が薫り、天からは花びらが舞い降り、妙なる調べが聞こえてくる。いったい何事かと思っていると、近くの松の枝にそれはそれは美しい衣がかかっている。よい物をみつけた！　と、取って帰ろうとすると「それは私の衣です。なぜ持ってゆかれるのです？」と天女（シテ）が声をかける。自分の手にした衣が天の羽衣と知った白龍は、尚のこと返すことを拒み持ち去ろうとする。羽衣がなくては天上界に帰ることが叶わないと訴えても白龍は衣を返すことを拒み、涙に暮れる天女。その様子を見た白龍はさすがに良心が咎め、天上界の舞楽を見せてくれることを条件に羽衣を返す約束する。「では月の都の舞をお見せしましょう。しかしながら、その衣がないと舞うことが出来ませんので、先に返してください」と天女が言うと、「先に返してもらって、約束の舞を舞わずにそのまま天に帰ってしまうつもりだろう？」と白龍が疑うと、天女は「天上界には嘘偽りなどありません」と主張する。その凛とした気高さに自らの心根の浅ましさを恥じた白龍は天女に羽衣を返す（物着）。

羽衣を身に纏った天女は天上界の月宮殿の様子を語り、ここ三保の松原の美しい景色を愛で、所望された天上界の舞楽（序之舞）を舞い、やがて舞は高揚してゆく（破之舞）。白龍をはじめ、人間界に「誠実で美しい心」と、人間界の舞楽の手本となった「天上界の舞楽」を与えた天女は、春の霞にまぎれて再び天上の世界へと帰ってゆく。

季節：三月（旧暦）　　作者：不詳

＊解説＊

三つある羽衣伝説

「天の羽衣の昔話の里は、おらが村のことだよ！」と胸を張って主張している地域が日本には三ヶ所あります。なぜ三ヶ所もあるのか、それは『風土記逸文』の中で、人間に羽衣を盗まれた天女のエピソードを紹介している土地が、駿河国（静岡県）・三保の松原と、近江国《おうみのくに》（滋賀県）・伊香小江《いかごのおえ》、そして丹後国《たんごのくに》（京都府）・奈具《なぐ》の社《やしろ》と、三つあるからです。

『風土記』は、天武天皇に始まった国史編纂事業に力を入れ、和銅五年（七一二）に『古事記』を完成させた元明天皇が、翌和銅六年に詔を出して諸国から撰進させた地誌です。朝廷として諸国に命じたのは、地名（郡・郷）の名には例えば、阿須迦→飛鳥といった好字《こうじ》を著けて整理する、産物の品目の記録、土地の肥沃状況の報告、山川原野に付けられた地名の由来、その土地に伝わる旧聞や伝承の報告でした。また、それに伴って地方の民間説話や習俗、歌謡なども盛り込まれてゆきました。ただ、現存するのは出雲・播磨・常陸・肥前・豊後の五カ国のみで、完本として残っているのは天平五年（七三三）成立とされる『出雲風土記』のみです。他の地域のもので、『釈日本紀』や『万葉集註釈』などに一部が引用されたことで現在まで残された『風土記』の断片、それが『風土記逸文』です。

この逸文の中に「駿河国・三保の松原」「近江国・伊香の小江」「丹後国・奈具の社」の三種の羽衣伝説が残されているのです。

それぞれの伝説

駿河国、近江国、丹後国のそれぞれのお話をかいつまんでみてみますと…、

〈駿河国・三保の松原〉

○神女《しんにょ》が天から降りてきて羽衣を松の枝に乾していた。
○漁夫が衣を拾い取る。
○神女は返してほしいと頼むが、漁夫は返さない。
○天に昇れずやむなく神女は漁夫と夫婦となる。
○ある日神女は羽衣を取って雲に乗って去っていった。
○その漁夫も仙人となって天に昇ってしまった。

〈近江国・伊香の小江〉

○天の八女《やおとめ》が白鳥となって天から降りてきて水浴びをしていた。
○伊香刀美《いかとみ》という人が白い犬をやって、一番若い娘の衣を盗み取る。

○姉の天女たちは天に帰ってしまうが、妹の天女は帰ることが出来ず地上の人となる。
○伊香刀美は妹の天女と夫婦となり、二男二女、四人の子どもを設ける。
　兄・意美志留《おみしる》、弟・那志刀美《なしとみ》
　女・伊是理比売《いぜりひめ》、次女・奈是理比売《なぜりひめ》
○のちに天女は天の羽衣を探し取って天に昇ってしまう。
○伊香刀美は孤閨を守り嘆き悲しんだ。

〈丹後国・奈具の社〉
○天女が八人降りてきて水浴びをしていた。
○和奈佐老夫《わなさおきな》、和奈佐老婦《わなさおみな》という老夫婦が一人の天女の衣を取って隠す。
○他の天女たちは天に帰ってしまうが、衣を取られた天女は身を水に隠して恥ずかしがっていた。
○老夫「私らの子どもになっておくれ」
天女「なりますから、衣を返してください」
老夫「どうして人を騙そうとするのだ」
天女「天人の心ざしは信実を以って基本とするのです。どうして疑うのですか？」
老夫「疑心が多く信実のないのが地上世界の常なのだ。それで疑ったのだ」

シテ　後姿

○老夫は最初疑うも衣を返し、天女を自宅に連れて帰り、十余年共に住んだ。

○天女は酒造りが上手かった。その酒を飲むとどんな病も治ってしまう。その酒を多くの人が求め、老夫婦は巨万の富を得た。

○もはや天女に用がなくなった老夫婦は、天女を追い出した。

○久しく人間界に落ちぶれていた天女は天に帰ることが出来ず天を仰ぎ「天の原ふりさけ見れば霞立ち　家路まどひて行方知らずも」と歌を詠んだ。

○村を去った天女は、竹野《たかの》郡舟木の里の奈具の村に到り、心も穏やかに（奈具志久《なぐしく》＝凪いで）なって、この村に住んだ。これが竹野郡の奈具の社に坐す豊宇賀能売命《とようかのめのみこと》である。

一般に広く知られている羽衣の昔話は、漁師が海辺で衣を拾って隠し持ち、衣の主だと名乗る女性と夫婦になります。ある日この女は男が隠していた衣をみつけて身に纏い、天に帰ってゆき、男は嘆き悲しむ…というような内容で、駿河国と近江国の話を合わせたような作りになっております。最後の丹後国の話の重要な点は、天女は相手の要求を飲む代わりに衣を返してほしいと頼みますが、老夫は衣を返せば約束を果たさずに逃げるのではないかと疑う点です。その疑いに対して天女は、天上界には嘘偽りというものはないと語り、納得した老夫は衣を返します。これをそのまま能に翻案したため、能『羽衣』では天女は漁夫白龍と結婚して人間界に堕落することなく、白龍の求めに応えて天上界の舞楽を舞い、そのまま天に帰ることが出来たのです。また、衣を返してもらえなければ天上界に帰ることが叶わぬ絶望感を、「天の原ふりさけ見れば……」の歌に託すことが出来たという点で、能『羽衣』を作る上で丹後国の話はとても重要な役割を果たしているといえます。

東遊《あずまあそび》の駿河舞

さて、先に紹介した三つの風土記逸文の羽衣伝説を素材にして能の作者は『羽衣』を作ったわけですが、この能の中でもう一つ重要なのは、後に「東遊の駿河舞」といわれるようになった芸能が、このとき天女が舞ってみせた天上界の舞楽だということです。古い時代の「東遊の駿河舞」の歌には

や　有度濱に　駿河なる有度濱に　打ち寄する浪は　七草の妹　ことこそ良し　ことこそ
良し　七草の妹は　ことこそ良し　逢へる時　いざさは寝なむ　や　七草の妹　ことこそ

良し

とあり、また、能因法師《のういんほうし》（九八八〜一〇五〇?）が長暦三年（一〇三九）頃に伊予国で東遊を見たときに詠んだのが『後拾遺和歌集』雑歌六、一一七二に収録された

　有度浜にあまの羽衣むかし来て
　　ふりけん袖やけふの祝子《はふりこ》

の歌で、文治年間（一一八五〜一一九〇）頃に成立した藤原顕昭の『袖中抄《しゅうちゅうしょう》』の中で「むかし駿河国の有度浜に神女が天下って舞ったのを、真似て伝承した舞を駿河舞といって、東遊としているのはこれのことである」と解説しております。三保の松原は、清水次郎長でお馴染みの清水湊の外側に位置する浜辺で、そこから五、六キロメートルほど西側の静岡寄りにあるのが有度浜です。地上に舞い降りた天女が、この地上で舞を舞い、それを手本として東遊の舞が出来たという駿河舞の起源伝承の地は、実は三保の松原ではなく、三保の松原から少し離れた有度浜であったのです。『風土記逸文』の中にも顕れることのなかった有度浜の駿河舞起源伝説……。冒頭、『風土記逸文』にみえる駿河国・三保の松原、近江国・伊香の小江、丹後国・

奈具の社の三つのお話から能『羽衣』は作られたと申し上げましたが、厳密にはこの有度浜の駿河舞起源伝説と合わせて四つのお話を元に創作されたようです。

羽衣の天女は後に…

丹後国の話の最後、老夫婦のもとで十余年に渡って薬の酒を作り続けた天女は、羽衣を身に纏っても天上界に帰ることは出来ませんでした。奈具の村に落ち着いた天女はその後に神さまとして奈具の社に祀られます。現在の京丹後市弥栄町船木にある奈具神社がその地にあたります。ここで豊宇賀能売命《とようかのめのみこと》という名前の神さまとなるのですが、この名前はかつての酒造りの上手からきているようです。「トヨ」が意味するのは「豊」で「豊かな、優れた才能」です。また「ウカ」は「宇迦之御魂《うかのみたま》」で「受」とも書き、「穀物、食物」を表しております。元天女のこの神さまが、どんな神さまであったかを一言で表現しますと、「メチャメチャイケてるチョ～カワイイ、スーパーカリスマ・シェフ」といったところでしょうか。この噂は遥々と伊勢まで広まり、「ならば是非に！」とヘッドハンティングされます。また、「ウカノメ」は「ウカメ」とも同義で、御膳持ち…ウエイトレスをも表し、更に「ウカレメ」すなわち遊女の性格までをも表しております。ということは、天照大神《あまてらすおおみかみ》さまのお食事を作る、給仕する、コンパニオンもして、夜のお伴も…という、もはや世の男衆みんなが羨む、超イケてる美人妻です。この神さまが伊勢の外宮に祀られている豊受大神《とようけのおおみかみ》さまでございます。

いつの世になってもなくなることのない人間界の嘘偽り。現代においても『羽衣』の天女は大切な心の在り方を教え続けているようです。

さて、三保の松原、伊香神社、奈具神社、伊勢神宮、そして有度浜……。スタンプラリーではありませんが、これらの『羽衣』聖地を巡礼し、コンプリートすると、素晴らしい『羽衣』が舞えるように、謡えるようになるかもしれません(^^)

藤《ふじ》

【能のうた】

いつよりかむなしきそらに散る花の
あだなるいろにまよひそめけむ

（『草庵集』釈教　頓阿《とんあ》　一三七六）

頓阿は正応二年（一二八九）生まれ、文中元年（北朝：応安五年、一三七二）没。鎌倉から南北朝期にかけての僧侶で歌人、歌学者。二十歳前後に比叡山にて出家、高野山でも修行したが、後に時衆《じしゅう》となる。

和歌は二条為世《ためよ》に師事。為世門下の兼好《けんこう》、浄弁《じょうべん》、慶雲《けいうん》とともに「和歌四天王」と称される。歌集に『草庵集』『続草庵集』、歌学書に『井蛙抄《せいあしょう》』、二条良基との問答形式による『愚問賢註《ぐもんけんちゅう》』がある。

能『藤』では後シテの登場の謡に「いかなれば虚しき空に散る花の　徒なる色に迷ひそめけん」と、初句を変えてこの頓阿歌を引用する。

［現代語訳］
花なんてものはどうせ散ってしまうものなんです。そう、諸行無常の理。そんなこと頭ではわかっているのですがねぇ、いつの頃からでしょう、そんなひとときの花の色や香にこんなにも心が揺さぶられるようになってしまったのは……。

【能『藤』】

＊あらすじ＊

　都の僧（ワキ）が加賀国《かがのくに》から信濃国《しなののくに》の善光寺を目指す途中、越中国《えっちゅうのくに》、氷見の多祜《たご》の浦を訪れる。「おのが浪に同じ末葉ぞしをれぬる　藤咲く多祜のうらめしの身や」と、慈円の詠んだ歌を口ずさむと、どこからともなく女（前シテ）が現れて、「多祜の浦や汀の藤の咲きしより　波の花さへ色に出でつつ」みたいなステキな歌でなく、「しをれ」だの「うらめし」だのの歌を口ずさむなんて不粋だわ…などといい、縄麻呂の「多祜の浦に底さへ匂ふ藤波を　かざしてゆかむ見ぬ人のため」を引き、藤の花を愛で、僧にその素性を尋ねられると藤の花の精霊であると明かして、風に揺れる藤波に姿を消す。（中入）
　夜もすがら藤の花のもとで過ごす僧の前に藤の花の精霊（後シテ）が現れる。草木までもが成仏できる仏の法を讃え、春から夏へと移りゆく頃に咲く藤にかかる朝霞は「春の形見」などと惜しまれると語り、春の風に吹かれ嫋やかに舞を舞う。多祜の浦に吹き渡る風、曙の空に薫り立ち、霞たなびく景色の中にその姿を消してゆく。

季節：三月〜四月　　作者：不詳（日吉佐阿弥説あり）

＊解説＊

多祜の浦

「たごのうら」といえば「田子の浦」。『小倉百人一首』の四番目、山部赤人の

田子の浦にうち出でてみれば白妙の
富士の高嶺に雪は降りつつ

が頭に浮かぶという方が多いのではないでしょうか。この田子の浦は、能『羽衣』の舞台、三保の松原より少し東側にあたり、駿河国《するがのくに》…今の静岡県の富士市にございます。目の前に広がる太平洋、フッと振り返りますと雪を頂いた壮大な富士山の姿。銭湯の湯船に浸かって眺める壁面のあの景色が思い浮かんで参ります。しかし、この条件反射のような連想が能『藤』と向き合うとき、少々邪魔をいたします。白妙の富士の高嶺を引き出す歌枕は「田子の浦」。湖面に

179　藤

後シテ

映える藤波の歌枕は「多祜の浦」なのです。多祜の浦は、もともと「たこのうら」と清音で読みました。場所は駿河国の田子の浦とは対照的に日本海に面した越中国、現在の富山県の氷見市です。「浦」という言葉につい騙されてしまいますが、海辺のことではないのです。現在では十二町潟という沼地が残っているのみですが、昔は布勢湖という大きな湖があり、その南側の入江を多祜の浦といっていたのだそうです。ここには藤が群生して、辺りの樹々を頼りに多くの花房が咲きかかり、湖水に映る藤波までもが匂やかに感じられる、まさに藤の名所として都方にもよく知られた所であったのです。

『万葉集』巻十九、四二〇〇に収められている、次官《すけ》内蔵《うちのくら》忌寸《いみき》縄麿《なわまろ》の歌、

多祜の浦にそこさへにほふ藤なみを
　かざしてゆかむみぬ人のため

は、天平勝宝二年（七五〇）四月十二日、当時二十二歳の大伴家持《おおとものやかもち》が府の官人らとここに清遊した折に詠まれたものです。これを現代語訳しますと「多祜の浦の湖面に映る藤波…水底までもが匂やかに感じられるこの藤の花房を、見ることの出来なかった人たちへのお土産として持って帰ろう、頭に挿《かざし》て」といったところでしょうか。自然保護の観点からすれば、勝手な

採取は褒められたことではありませんが、その感動をどうにかして見ぬ人々にも伝えたいと思うほどの景色であったのでしょう。いわゆる「インスタ映え」な景色とでもいったらよいでしょうか。スマホがあれば何も花を手折らずとも済んだのでしょうに……。現代と万葉の時代とは大変な違いでございます。

藤《ふじ》かけの松

能『藤』では舞台正面の先に藤のかかった松の立ち木の作り物を出します。ただし、この作り物は出しても出さなくてもよいとされていますので、出さないこともままあります。謡の言葉の中に「松に懸かりて咲く藤の」と謡われておりますので、この能の中で作者が思い描いている多祜の浦の景色は、松の木々にかかった藤の花々のようです。藤は蔓性の植物ですから、頼りになる他の木に巻き付き枝を伸ばします。側にある物を頼りにしますので、かかる相手は松ばかりではもちろんありません。いろいろな木にかかる中で、「これは風情がよいねぇ」と大方の意見が一致して、最終的には「藤のお相手には松が一番」とされたようです。『枕草子』の「めでたきもの」や『源氏物語』の「蓬生」の中に「松にかかる藤」がステキ♡という内容の描写があることから推測してみますに、藤原道隆《みちたか》や道長《みちなが》が全盛を誇った頃に定着した感性ではないでしょうか。つまり、常磐木の松…四季を通して変わらぬ色、常に繁栄するものを住処に咲き誇る藤の花の様子が、天皇家と深い接点を持つ藤原氏の繁栄そのものを象徴するかのようで、藤原氏一族が好んだ、めでたさと美しさを兼ね備えた縁起物としてのモチーフだったのではないかと思われるのです。それがいつしか在るべき最も美しい取り合わせとしてすっかり定着し、後には藤原氏との政治的な関係性を抜きにしても「松にかかる藤の花」の風情が一つの美意識として受け継がれるようになったのかもしれません。

私は華道のことはまったく存じ上げないのですが、池坊では「藤《ふじ》かけ松の事」という習物があるのだそうです。素人考えでは、どうやって藤の花を生けるのでしょうか…甚だ生けにくかろうと思うのですが。藤を主役にするにあたり、その真（芯）には松を立て、そこに藤を絡ませる。松が主役のようでいて実は藤が主役（真）ということのようです。自然界の景観を再現することに重きを置いているようですが、実は藤が主役…というところに藤原氏の影が、まるで前世からの記憶のようにスーッと見え隠れしているような、そんなふうに思われてなりません。藤は蔓科の植物で、他の樹木にガッチリと絡みつき、自らの居場所を得ます。オマケに生命力が強いので、絡み付かれた方にしてみれば甚だ難儀をし、ともすれば絞め殺されかねません。とても美しい花なのですが、見方によってはとても怖い花であるともいえるかと思います。

ところで、「藤かけの松」のモチーフは能装束の紋様にもなっております。もとより「藤かけの松」だけでなく藤の花の紋様は長絹《ちょうけん》や縫箔《ぬいはく》、唐織《からおり》などの装束や、若い女性の役柄のときに持つ扇＝中啓《ちゅうけい》の鬘扇《かづらおうぎ》のデザインにも数多く用いられており、女性のたおやかさ、美しさ、匂やかさを表現する柄として大切にされています。

テーマ

この曲は本説《ほんぜつ》となるような歴史的事実や文芸・文学作品などはなく、多祜の浦の藤を詠んだいくつかの和歌を軸に、さまざまな和歌や漢詩を散りばめ、能の作者の自由な空想を戯曲化したもののようです。クリ・サシ・クセに描かれるのは移りゆく季節…、後シテの登場で謡われる初句を変えた頓阿の歌

いかなれば虚しき空に散る花の
　徒なる色に迷ひそめけん

を噛み砕くかのように季節の移ろい、諸行無常ということを語ります。そんな中で、松にかかる藤の美しさはいつの世にも変わることがないのだとも主張しております。草木の精霊のお話に欠かせない「草木国土悉皆成仏」のお約束も、『妙法蓮華経』薬草喩品《やくそうゆほん》第五を引き合いに既に成仏していると明かされます。悩みや苦しみを訴えることもなく、無常でありながら常住の

安堵感のような質感がこの曲の特徴となっているようです。

✤　✤　✤

四月の下旬頃からそこここで見頃となる藤。近所の藤棚をしばし鑑賞……。むせるような甘い香りと品のある美しい紫、そよ風に揺れるその藤波に、遠い昔の多祜の浦の景色をも思い描きつつ、「紫匂ふ花かづら」の美しさに酔いたい…そんな曲です。

身《み》延《のぶ》

【能のうた】

聞くやいかにうはの空なる風だにも
　松に音する習ひありとは
（『新古今和歌集』恋歌三　宮内卿　一一九九）

後鳥羽院が建仁二年（一二〇二）九月十三夜に、水無瀬の離宮で開催した「水無瀬恋十五首歌合《うたあわせ》」で詠まれた歌。

この日の歌題は十五種、すべてが「恋」。この歌は「風に寄する恋」という題で詠まれたもの。作者の宮内卿は村上源氏、師光《もろみつ》の娘で後鳥羽院の女房、歌人。生年は未詳ながら、元久二年（一二〇五）二十歳そこそこの若さで没したようである。この歌合でも参加した歌人の中で最年少である。「正治二年院第二度百首」「建仁元年老若五十首歌合」「建仁元年仙洞句題五十首」「千五百番歌合」「元久元年春日社歌合」などに参加。『新古今和歌集』には十五首が入集《にっしゅう》している。

この歌は能『隅田川』で、シテの登場部分の謡、一セイの謡にほぼそのまま引用されており、行方の知れぬ我が子を想い、何の情報も得られず途方に暮れ、焦りばかりがつのる母親の気持ちに置き換えられた表現でよく知られた歌である。能『身延』では、シテの登場の次第にそれとなく引用され、身延の山に吹く風が松の梢を揺らす音までが『法華経』の法の声に聞こえませんか？ と謡う。

［現代語訳］

空に吹く、あてにはならない風でさえも、待っておりますとこうして松の梢に訪れますのに……。私、松じゃありませんけれどズーッと待ってますのよ、貴方のことを。それなのに貴方ったら……。風よりもあてにならないのね、貴方って。ねぇ、聞いてらっしゃるの？ 私、嫌味を言っているのよ、もうっ！

【能『身延』】

＊あらすじ＊

身延山で『法華経』を読誦し、勤行する日蓮上人（ワキ）のもとに日々参堂する一人の女人（シテ）がある。時を違えず日々やって来るその女は、自らはこの身延山の遙かの麓からの参詣者であると明かすが、上人はこの世に亡き人の霊であることを見抜く。女人は日蓮上人の御法に巡り会い、『法華経』の功徳により覚りを得られることの歓びを述べ、『法華経』を礼讃しつつ舞を舞い、草木国土悉皆成仏の霊地である身延の山を讃える。

季節：九月（旧暦）　作者：不詳

＊解説＊

渡りに船

ん～、〇〇したいんだけどなぁ、どうしたもんかのぅ……。というときに、好都合な展開となることを「渡りに船」といいますが、これは『妙法蓮華経』薬王菩薩本事品《やくおうぼさつほんじほん》第二十三に記された『法華経』の功徳を喩えた言い回しです。そこには、

この経は一切衆生を救うことのできるものである。この経は一切衆生をしてもろもろの苦悩を離れしめたもう力があるものである。この経はよく大いに一切衆生に利益を与えて、その本願を満たさせて下さる。たとえば
清涼の池が、よく一切のもろもろの渇乏の者に満つる力があるように、
寒い者が火を得たように、
裸なる者が衣を得たように、

シテ、舞の中

商人が主《あるじ》（資本主）を得たように、
子が母を得たように、
渡りに船を得たように、
病いに医者を得たように、
暗《やみ》に燈《ともしび》を得たように、
貧しきに宝を得たように、
民が王を得たように、
賈客《こかく》が海を得たように、
炬《ともしび》が暗《やみ》を除くように、
この法華経もそのとおりであって、よく衆生をして一切の苦、一切の病痛を離れ、よく一切の生死の縛を解く能力がある

と、説かれております。この能『身延』において、シテの女性が求めているものは、三毒煩悩《さんどくぼんのう》（貪瞋痴《とんじんち》＝貪《むさぼ》り・怒り・無知）の迷いの世界を離れ、仏の智慧・覚りの彼岸へと渡る手立て。それこそが日蓮上人の御法《みのり》、『法華経』への帰依なのです。

ところでこのシテの女性、いったい誰なのでしょうか。謡曲の本文中には「この世に亡き者」

とのみ記され、その個の人格が誰であるのかまったく明かされておりません。実は誰であっても誰でなくてもよかったのでしょう。日蓮上人の御法に心を寄せ、『法華経』を信じる女性であれば、どのような女性であってもよいのだと思われます。なかなか成仏することが出来ないと考えられていた女性たちの心の灯火となる、覚りの境地への確かな手立て、それこそが「渡りに船」…『法華経』の功徳なのだと伝えたかったのだろうと思われます。

女人の成仏

能の作品の中に度々取り上げられる女人の成仏とは、そもそもなんでしょう。お釈迦さまが仏法を説かれたインドという国は、古代から現代に至るまで男尊女卑、女性蔑視の甚だしい国です。女性に救いのない世の中にあって、お釈迦さまは女性でも覚りを得ることができるとし、お釈迦さまの元には女性の修行者もたくさんありました。しかし、お釈迦さまが入滅された後の時代には、その社会の風潮により再び女性の成仏はなくなってしまいます。そこで、仏教経典が整備される過程で、女性が成仏するのにひと工夫が施されました。それが「変成男子《へんじょうなんし》」というものです。つまり、修行した先にオトコに成り変わり、仏となるというのです。そんな回りくどい説明をしてまで女性でも覚りを得られると明言した経典…それが『法華経』で、女人の成仏を説いた件《くだり》が「提婆達多品《だいばだったほん》第十二」なのです。

女性が成仏する手立て、それはこの『法華経』の功徳か、或いは「南無阿弥陀仏」の念仏に限られますので、能の作品の中で女人の成仏がテーマとなる曲は、このいずれかによることとなるのです。余談になりますが、平安時代の初めに伝教大師最澄が開きました天台宗では、中心となる経典が『法華経』で、念仏も大事な修行の一つです。平安時代の末期から鎌倉時代に天台宗から分かれ、念仏をもっぱらとした浄土教の門と、『法華経』のみを唯一とした日蓮の門とは対立する立場となりましたが、元々は門を同じうする、いずれもが女人に開かれた法門なのです。

上行菩薩《じょうぎょうぼさつ》

シテはワキに対して「かく上人のこの所に。到り給ふは上行菩薩の。御再誕ぞと忝くて……」と言います。上行菩薩とは、『妙法蓮華経』従地涌出品《じゅうちゆじゅつほん》第十五に記された、仏の入滅後に娑婆世界で『法華経』を説く沢山の菩薩が大地から涌き出てきた中の、トップの四人の導師たち……その一が上行菩薩、その二が無辺行《むへんぎょう》菩薩、その三が浄行《じょうぎょう》菩薩、その四が安立行《あんりゅうぎょう》菩薩なのです。この品の中で説かれているのは、この人間の現実世界の問題を解決するのは、どこか他所の世界からの誰かの到来によるものではなく、この人間の現実世界において悩み苦しみながら問題を解決してゆこうとする現実世界の人々でしかない、というものです。『法華経』の教えを実践し、この世の中を「仏国土」となさん…日蓮上人は自らの役割りを、大地から涌き出た上行菩薩になぞらえ、『法華経』を弘め、世の人々を教化していったのでした。

『身延』の成立

この能『身延』は、現在シテ方の流派では観世流にしかありません。江戸時代の安永二年（一七七三）に禁裏（宮中）において金剛流の上演記録はありますが、明治以降現行曲から外れております。他に身延山に関連する曲には『現在七面《げんざいしちめん》』と、廃曲になっている『七面《ななおもて》』があります。『現在七面』『七面』の関係、『身延』成立の背景についての考察につきましては、昭和五十一年（一九七六）の月刊『観世』七月号の中で小田幸子氏が詳細に論じていらっしゃいます。氏によれば、この二曲は「七面明神縁起」に基づいて作られており、この「七面明神縁起」が形作られたのは十六世紀末頃のことで、この二曲の成立は十七世紀になってからのことのようです。また、『七面』には『身延』のクセやキリに謡われるのと同じ言葉がそのまま用いられていることや、『現在七面』の前場のクリ・サシ・クセまでの構成と内容が『身延』と酷似すること、『身延』に関する最も古い記録が十七世紀中頃であることから、『身延』の成立もまた十七世紀の前半頃、すなわち江戸時代の初期と考えられるようです。

女人が成仏への確信を得た喜び。女性の救済について社会的に重きが置かれていなかった時代の、それでも覚りの世界に到ることができるのだという確信がみてとれる能です。往生の素懐に寄り添いたくなる、そんな美しい作品です。

吉《よし》野《の》静《しずか》

【能のうた】

いにしへのしづのをだまきくりかへし
昔を今になすよしもがな

(『伊勢物語』三十二段)

この歌は『古今和歌集』雑歌上、八八八にある読み人しらずの歌、

いにしへの倭文《しづ》の苧環《をだまき》いやしきも
よきも盛りはありしものなり

を踏まえているが、「どんな人にだってビッグウェーブはくるんだぜぇ」という『古今和歌集』の歌に対し、『伊勢物語』の方は「あの日に帰りたい……」という想いを表現する。

静御前は、源頼朝の命《めい》により鎌倉・鶴岡八幡宮の回廊において舞を舞った折に、初句「いに

しへの」を「しづやしづ」と変えて歌う。ゆえに、本曲『吉野静』でも、また、静御前の死後に、静の幽霊が吉野山に現れ、菜摘の女に憑依して舞う能『二人静』においても、昔を懐かしみつつ、義経への深い想いを「序之舞」に舞うシーンにこの「しづやしづ賎の苧環……」の和歌が謡い込まれる。

［現代語訳］

いにしえ、賎しい身分の女たちが巻き取っていた粗末な糸の苧環《おだまき》のように、クルリ、クルリ……と回き戻して、懐かしいあの日に帰れたら、どんなにか佳《よ》いかしら。

【能『吉野静』】

＊あらすじ＊

頼朝からの「義経を討伐せよ」との命を受け、吉野山の衆徒（僧兵）たちも一斉に蜂起する。主君を逃すために防ぎ矢を任された佐藤忠信（ワキ）は、都からの巡礼者を装い大講堂での衆徒たち（間狂言）の詮議に紛れ込み、「近々頼朝と義経は和解するらしい」とのニセ情報を流し、さらに、義経は主従十二騎という少数で落ちてはいるが、これが並大抵の百騎、二百騎の勢にも勝る強者だと語り、衆徒たちの勢いを削ぐ。一方、忠信と打ち合わせていた静御前（シテ）は、手筈通り舞の装束に身を引き繕い、法楽の舞を奏で衆徒たちの眼を釘づけにする。

「義経の忠心に、やがて御兄弟は和解し、都より西は義経の治めるところとなるのだから、義経さまに不忠な振る舞いをしてはならない。それでも尚、義経を討つという者には、片岡・増尾・鷲尾、そして佐藤忠信が黙ってはいないわよ……」という言葉に衆徒たちは恐れおののき、また静御前の舞に見惚れて、誰一人義経を追撃する者はいなかった。

季節：三月（旧暦）　作者：観阿弥

＊解説＊

義経と静の別れ

『義経記』によりますと、義経と静御前の別れは吉野山の山中でございます。能『船弁慶』では尼ヶ崎・大物の浦で、四国へ向け船出する前に二人が別れる仕立てになっておりますが、実はこのとき静は同船しており、しかし嵐に遭遇して義経一行は四国に渡ることが出来ず、大阪から大和を抜けて吉野山まで義経と行動を共にしております。このときの様子につきましては前著『能のうた』第5章『船弁慶』の項をご参照いただきますれば幸いでございます。

しかしながら、義経の任官が解かれ、頼朝から義経討伐の命令が全国に出されたことにより「お尋ね者」となってしまった義経は、吉野の山中においても衆徒（僧兵）たちに追われ、命を狙われることとなります。危険な山中での逃亡の道のり、流石に静御前の同伴は無理と諦め

舞の中

た義経は、涙ながらに静を説得、たくさんの金品を持たせ、ポーターと用心棒をつけて都へと帰します。ところが静御前は、この用心棒とポーターたちに金品のすべてを持ち逃げされた上に、雪深い山中に置き去りにされ、丸一日さ迷い歩いてようやく蔵王堂にたどり着きます。

折しも蔵王権現さまのご縁日。大勢の参詣者に混じり、疲れきった身体をしばし休めていた静。さまざまの奉納イベントも終わり、人も疎らになってご本尊に祈る静。「あなたも何ぞ奉納なされい」と促され、仕方なく今様《いまよう》を謡います。謡う彼女の姿を見た治部法眼《じぶのほうげん》という者に「あれは静御前でねぇか。オラ知ってるだよ！」と見破られ、捕らえられてしまいます。尋問に対し素直に受け答えた静御前は、その後丁重に都へと送り届けられます。やがて身重であることが判明し、鎌倉へと連行されることとなります。

一方、吉野の山中ではもう一人、主君義経と別れた人がありました。義経が落ちゆく時間稼ぎに、衆徒たちと戦った佐藤忠信は、その任を全うし、後日都に戻りますが、再び主君の判官《ほうがん》殿にお目にかかること叶わず、その頃付き合っていたカノジョの心変わりから北条時政の次男、江馬小四郎《えまこしろう》（北条義時）の軍勢に囲まれ、散々に戦うも遂に自害して果てます。

能の作者の思惑

『義経記』では、義経と別れた静御前と佐藤忠信が吉野の山中において遭遇することはありません。が、能『吉野静』の作者はこの二人が遭遇し、更に主君のためにひと芝居打つという仕立てにしました。

本来、この曲は前後の二場で構成されておりました。金春流では現在も二場の作りのままですが、観世・宝生・金剛の三流では後の場面のみの一幕物となっております。喜多流では廃曲となっているとか……。この前の場面において静御前と佐藤忠信が示し合わせ、吉野の衆徒たちの気を引き、義経への追撃を遅らせ、また衆徒たちの作戦情報を盗聴しようとの計画が明かされるのです。何ゆえ大事なこの前の場面を省略する演出が常態となったのかはわかりませんが、この曲の上演前に、二人の計画を知っておかないと、シテ（静御前）とワキ（佐藤忠信）との言葉のやり取りの意味がまったく理解出来ず、「？？？」な曲となってしまいます。

本説の『義経記』では、蔵王堂で静御前の謡った今様は、

在りのすさみの憎きだに、在りきの後は恋しきに、
飽かで離れし面影を、いつの世にかは忘るべき

（現代語訳：居たら居たで癪にさわったりしたこともありましたけど、居なくなってしまいますと恋しいものでございます。飽きたり嫌いになったりして別れたんじゃないんですもの。いつまでも忘れられるもんじゃありませんわ）

別れの殊に悲しきは、親の別れ子の別れ、
勝れてげに悲しきは夫妻の別れなりけり
(現代語訳:「別れ」の中でも特に悲しいのは、親との別れ、子との別れ。一等勝れて悲しいのは、
なんといっても夫婦の別れでございます)

というものです。別れた夫を恋しく想う妻の歌。能『吉野静』の中で謡われる「しづやしづ賎の苧環くりかへし 昔を今になすよしもがな」は、能『二人静』でお馴染みですが、これは都に帰った後、頼朝の命《めい》により鎌倉へ連行されたあと、文治二年(一一八六)四月八日、鶴岡八幡宮の回廊において舞を舞ったときに謡った歌です。鎌倉幕府の公式記録である『吾妻鏡』に残されている記述では

よし野山みねのしら雪ふみ分けて
いりにし人のあとぞこひしき

しづやしづしづのをだまきくり返し
昔を今になすよしもがな

これらの歌を謡い、一同はみな感じ入ったものの、頼朝はたいそう怒ったとあります。それは、「八幡宮の神前で芸を奉納するに当たっては、この関東の平安長久を寿ぐべきものであるのに、逆賊である義経を恋い慕い、別れの悲しみの歌などを歌うなど以ての外じゃ！」というものでした。しかし、夫人の政子は「貴方が流人として伊豆に居たとき、平家の睨みを恐れず決死の覚悟で貴方のもとを訪れましたときの想い、それは辛うございました。また石橋山の合戦で貴方が打ち負けなされたときには、貴方の安否もわからず、私は来る日も来る日も、魂も消え入るかと思う程の苦しみと悲しみでございました。あのときのつらい想い、その苦しみや悲しみは、今の静の想いと何ら変わりません。静は今もこうして義経さまを恋い慕って…貞女の証じゃございませんか。舞の美しさを愛で、その心の中に揺れ動く彼女の気持ちを許してあげるのが粋ってもんでございましょ。褒めて差し上げなさい」というようなことを言ったんだそうです。いやぁ、政子さま、懐が深《ふこ》うございます。

なおこの歌を吉野山で、菜摘みの女に憑依した静御前の霊が謡い舞うのが、能『二人静』です。吉野山での義経との別れ、鎌倉・鶴岡八幡宮での悲しみの舞……。亡くなった後も静御前の想いは吉野の山に残り、あの頃に帰りたいとの想いが「しづやしづ」の歌に託されているのですが、『吉野静』においては、静御前は義経と今しがた別れたばかりなのです。その静御前が、「あの頃に帰りたい」というこの歌を吉野の衆徒たちの前で謡い、舞うというのは、曲の構成上ちょっと強引なようにも思われるのですが、遠い昔を「あの頃」とせずに、平家を滅ぼしたあとに都で過ごしたつかの間のやすらぎのひとときを「あの頃」とすれば違和感もないかもしれません。しかし、何といっても静御前といえばやはり「しづやしづ」という程にまで、鎌倉時代以降広くこの歌は知られていたのでしょうか……。

妊娠していた静御前は、出産まで鎌倉に留め置かれます。生まれた子は男子であったため、生まれたその日のうちに取り上げられ、由比ヶ浜で殺されてしまいます。

その後、静御前は母の磯禅師《いそのぜんじ》と共に悲しみに暮れながら京の都へと帰ります。その後のハッキリとした記録はないのですが、義経を恋慕してさすらう静御前や、静御前の終焉の地の伝承は各地に残されているようです。そして奥州高館《たかだち》、衣川の戦いで亡くなった義経の後を追うように静御前も短い生涯を閉じたといわれております。

愛する人の無事を祈りつつ、「愛別離苦」を胸に舞を舞う静御前に想いを馳せてみたい…そんな一曲です。

第5章 「狂」（四番目物）

狂乱（物狂い）の曲をはじめ、遊狂物、現在物、執心の曲など他のジャンルに分類されない曲がこの四番目に入ることから「雑能物《ざつのう》」とも呼ばれる。

安宅
梅枝
小塩
鉢木
藤戸
放下僧

安宅《あたか》

【能のうた】

矢田の野に浅茅色づく有乳山
　峰のあは雪寒くぞあるらし
（『新古今和歌集』冬歌　人麻呂　六五七）

この歌は『万葉集』巻第十に収められた冬雑歌、二三三一の、「黄葉《もみじ》を詠める」とされた歌

八田の野の浅茅色づく有乳山
　峯の沫雪寒くふるらし

が原歌となっている。『万葉集』では作者の名前はないので、いわゆる「読み人しらず」であるが、『新古今和歌集』では柿本人麻呂の歌としている。柿本人麻呂は持統天皇、文武天皇の頃に活躍した万葉の歌人で、生没年は不詳。三十六歌仙の一人で、歌聖《かせい》とされる。

八田（矢田）の野は大和国《やまとのくに》の地名で、現在の大和郡山市の矢田町にあたるが、中世の頃には越前国《えちぜんのくに》の歌枕と考えられていた。有乳山《あらちやま》は福井県敦賀《つるが》市の南側、西近江路に沿う一帯の山で、愛発の関が置かれていた愛発山《あらちやま》。この歌は『安宅』で、義経の主従一行が琵琶湖を船で渡り、琵琶湖の北の海津《かいづ》の浦から愛発山を越えて敦賀に抜けてゆく道中の「道行」の中に引用される。

［現代語訳］

この大和国の矢田の野では辺りの浅茅（茅萱）が色づき、冬の訪れを感じる頃となりました。愛発山の峰には淡雪が降って寒いんでしょうねぇ。

【能『安宅』】

＊あらすじ＊

頼朝から追われる身となった義経主従は、奥州の藤原秀衡を頼り山伏姿で下向する。この情報によって急遽加賀国《かがのくに》に安宅の関が作られた。その安宅の関守を仰せつかった富樫の何某（ワキ）は頼朝の命《めい》を忠実に全うし、山伏を通さず、疑わしきは首をはねてその任務を遂行している。一方そうとも知らぬ義経主従一行。出羽の山伏が吉野へ、吉野の山伏が出羽へと修行の旅路にする北陸道であるから、目立たぬようにと山伏に扮して奥州を目指して旅を続け、加賀国安宅の湊までやって来る。安宅の新関の噂を聞いた一行は作戦を練る。弁慶（シテ）の発案で、義経（子方）を強力《ごうりき》（荷物持ちの従者）に変装させて、関守の目を逸らそうと考えた。

十二人の山伏を怪しむ富樫の何某に、「東大寺再建のための勧進をする山伏である」と弁慶は告げる。しかし富樫は「すべての山伏を斬る」と言い、「ならば最期の勤行を……」と促す弁慶に、一同（ツレ）が共に勤行にかかり、「山伏を手に掛ける者には必ずや熊野権現の罰が下されるぞ！」と威嚇すると、富樫はややおよび腰となり、「本物の東大寺勧進の山伏ならば勧進帳が有るはず、勧進帳を読んで聞かせよ」と言う。弁慶はやむなく笈《おい》の中から書簡に用いる巻物を取り出して、「これがその勧進帳である！」と言って、持ち合わせてもいない勧進帳をあたかもそこに書かれているかのようにスラスラと読み上げてみせると、関所の役人一同恐れをなして一行の通過を許可するが、強力が怪しいと再び富樫に止められる。これに対し、力尽くで押し切ろうとする一同を弁慶は制し、義経に似ていると指摘された強力を「足手纏いな奴め！」と散々に打擲《ちょうちゃく》してみせる。それでも納得しない富樫に「関守とは名ばかりの、勧進で集めた金品を狙った盗っ人であろう」と、一同が恐ろしい勢いで詰め寄ると、今度ばかりは富樫も怯み、一行を通す。

関所から距離を置いたところで一行は休息し、弁慶は主君を打擲したことを詫びる。義経は、あの弁慶の機転は天の加護、八幡大菩薩の託宣であったのだとむしろ感謝する。しかしながら平家追討の功績も虚しく、このような身となった不運を嘆いているところに、富樫が酒を持たせて追いつき、先程の非礼を詫びて酒宴となる。宴となっても弁慶は富樫に対して用心をし続け、一同にも怪しまれぬようにと注意し、豪快に舞を舞う（男舞）。舞の終わりに一同を急き立て、富樫に暇を申し、奥州を目指して旅立ってゆく。

季節：二月（旧暦）　作者：不詳

＊解説＊

能『安宅』本説

この戯曲の元となっておりますのは、『義経記』巻七「判官《ほうがん》北国落の事」「大津次郎《おおつじろう》の事」「愛発《あらちやま》の事」「三の口の関通り給ふ事」「平泉寺《へいせんじ》御見物の事」「如意《にょい》の渡《わたり》にて義経を弁慶打ち奉る事」「直江の津にて笈《おい》探されし事」の中にみられる、ゆく先々で義経一行が難儀するエピソードです。山伏の姿で旅する一行は、鎌倉殿からの「義経を捕縛せよ」との命令を受けた関所の役人、政所の役人、領主らからことごとく「あれは義経ではないか？」と疑いをかけられます。しかし『義経記』の中には、能『安宅』のタイトルでもある「安宅の関」は登場しません。「平泉寺御見物の事」の段の後半で、弁慶は単独で富樫の介の館を訪れ、「如何なる山伏ぞ」と問われ「是は東大寺勧進の山伏にて候」と応えておりますが、「勧進帳を読め」などという件《くだり》はありません。この能の作者は、『義経記』にみられるいくつかの事件を、ひとところに集め、

シテと同行の山伏達、舞の前

「勧進帳を読み上げる」ことと、「弁慶が義経を打擲する」ことに劇的クライマックスを集中させて、義経の北国落の物語を創作したものと思われます。

勧進帳

『安宅』の中で最も重要な部分となっております「勧進帳」……。後世歌舞伎に翻案されました折に、曲のタイトルが『勧進帳』となったことからもおわかりいただけるかと思いますが、本説の『義経記』を離れてこの作品の重要なみせ場、聴かせどころがこの勧進帳となっております。そもそも勧進帳とは、寄付集めのための趣意書のことでございますが、ここでは治承四年（一一八〇）、平清盛の命令により平重衡らによってなされた南都焼き討ちで焼失した東大寺を再興するための勧進のことです。

養和元年（一一八二）、後白河法皇は東大寺の再建のため、俊乗坊重源《しゅんじょうぼうちょうげん》に大勧進職を命じ、重源は大掛かりな寄付金集めプロジェクトを進めます。そこで掲げた趣意書が以下にご紹介する勧進帳でございます。長く、難解なものですが、弁慶が即興で応じ、本物と納得させるのに必要だった内容の正解として、全文を載せます。

東大寺勧進上人重源敬って白す。

特に十方檀那《だんな》の助成を蒙《こうむ》り、絲綸《しりん》の旨に任せ、土木の功を終へ、仏像を修補し、堂宇《どうう》を営作せんと請ふ状

右当伽藍は風雨を天半に軼べ、棟甍《とうぼう》の竦擢《しょうとう》を有ち、仏法恢弘《かいこう》の精舎《しょうじゃ》、神明《しんめい》保護の霊地なり。原《もと》夫れ聖武天皇作治の叡願《えいがん》を発し、行基《ぎょうき》菩薩知識の懇誠を表す。加之《これにくわえ》、天照大神両国の黄金を出し、之を採りて尊像に塗り奉る。菩提僧正《ぼだいそうじょう》万里の滄海《そうかい》を渡り、これを崛して仏眼を開かしむ。彼の北天竺八十尺弥勒菩薩は光明を毎月の斎日に現じ、此の東大寺の十六丈盧舎那仏は利益を数代の聖朝に施す。彼を以つて此に比するに、此猶《これなお》卓然たり。是を以つて代々の国王尊崇他無し。蠢々《しゅんしゅん》たる土俗帰敬懈《おこた》るに匪《あら》ず。

然る間、去年窮冬《きゅうとう》下旬八日、図らざるに火あり。延《のべ》て此寺に及び、堂宇灰と成り、仏像煙と化し、跋提河《ばつだいがわ》の春の浪、哀声再び聞え、沙羅林《しゃらのはやし》の朝《あした》の雲、憂色重て聳《そび》え、眼を戴いて天を仰げば、則《すなわ》ち白霧《はくむ》胸に塞《ふさが》りて散せず。首を傾けて地に俯すれば亦、紅塵面に満ちて忽《たちま》ち昏《くら》く、天下誰か之を歔欷《きょき》せざらん。海内誰か之を悲歎せざらん。底露を摧《くだ》かんより、成風を企《くわだ》つるに若《し》かず。

茲《これ》に因って、遠く貞観・延喜の奮規を訪び、近く今上宣下の勅命に任せ、須《すべか》らく都鄙《とひ》をして、以って営作を遂げしむ可し、伏して乞ふ、十方一切同心合力、家々の清虚を謂《い》ふ

こと莫《なか》れ、只《ただ》力の能《あた》ふ所に任す可し。尺布寸鉄と雖《いえど》も、一木半銭と雖も、必ず勧進の詞に答へ、各《おのおの》奉加の志を抽《ぬき》んでよ。

然らば、即ち与善の輩《ともがら》結縁の人、現世には松柏《しょうはく》の樹を指して比算し、当来に芙蕖《ふきょ》の華に坐して結跏《けっか》せん。其福無量得て記す加からざるもの乎《か》。敬《うやも》ふて白《もう》す。

養和元年八月日　勧進上人重源　敬白

別当法務大僧正大和尚（在判）

さて、多く勧進帳に記される内容とは、

①仏の功徳（寺及び仏像など）を讃える。
②発願の趣旨（勧進の理由）を述べる。
③寄付を呼び掛け、その功徳を説く。仏との結縁により、現世利益と来世の往生の約束。

この三つが必要条件となります。重源の勧進帳では、「右当伽藍は～懈るに匪ず」までが①に当たり、「然る間～企つるに若かず」までが②、そして「茲に因って～敬ふて白す」までが③となります。これを踏まえて、能『安宅』で弁慶が咄嗟に読み上げたニセの勧進帳の内容をみ

てみますと

それつらつら惟んみれば、大恩教主の秋の月は、涅槃の雲に隠れ。生死長夜《しょおじじょおや》の長き夢、驚かすべき人もなし。

ここになかごろ、帝おはします。御名をば聖武皇帝と名づけ奉り、最愛の夫人に別れ。恋慕やみがたく、涕泣眼《ていきうまなこ》にあらく、涙玉《なんだ》を貫く。思ひを善途に翻して盧遮那仏を建立す。かほどの霊場の、絶えなんことを悲しみて、俊乗坊重源、諸国を勧進す。一紙半銭の奉財《ほうさい》の輩《ともがら》は。この世にては無比の楽に誇り、当来にては数千《すせん》蓮華の上に座せん。帰命稽首《きみょおけっしゅ》敬って白す。

とあります。重源が記した実際の勧進帳に比べると随分と分量は少ないのですが、これは能というお芝居のひと段落で、節付けを施して謡うことを前提に、最小限の文字数で構成されているからです。初めの二段落「それつらつら〜盧遮那仏を建立す」にはお釈迦さまの入滅以降、次なる仏陀が未だ現れていないこと、聖武天皇が東大寺、並びに盧遮那仏を建立したこと、すなわち①が述べられております。三つ目の段落「かほどの霊場〜蓮華の上に座せん」において②と③が併せて述べられ、極めて簡潔に「勧進帳」の体裁を整えた文章となっております。咄嗟のことながら弁慶が、持ち合わせてもいない勧進帳を、何とかそれらしく読み上げてみせることが出来たのは、そもそも延暦寺西塔に住していた僧侶であればこそ、勧進帳に必要な事項…その雛形を心得ていたと想定して、能の作者はこのような展開を考えたのでしょう。

なお義経一行の北国落は、重源の勧進帳が記されてから五年後の文治二年（一一八六）のことです。盧遮那仏は文治元年に再興され、大仏殿の再建は建久元年（一一九〇）に完成をみます。このことから考えてみますと、義経一行が北国落をする頃には、重源の勧進帳の存在は広く世間に知られ、弁慶自身もどこかで目にしていた…そんな可能性も踏まえて、能の作者はこの段落を思いついたのかもしれません。

ただ、少々気になりますのは、「最愛の夫人に別れ」とあるのですが、聖武天皇のほうが光明皇后よりも早く薨《こう》じられておりますから、「恋慕やみがたく…思ひを善途に翻して」というのはちょっと変だと思うんです……。能『松山鏡』の中にも同様に光明皇后のほうが先に薨じられているような詞がありますので、ひょっとしたら中世の頃には、そのような解釈もあったのでしょうか。

さて、能『安宅』の中で、シテの弁慶は「もとより勧進帳はあらばこそ。笈の中より往来の巻物一巻取り出だし。勧進帳と名づけつつ。高らかにこそ読み上げけれ」と言います。この

「往来の巻物」とはどのような物なのでしょうか。往来とは、往き来るものであることから、書簡すなわち手紙のこと、と古語辞典にも記されており、「手紙の書き方・例文集」のことであると解説されていたりします。しかし、考えてみますと変なんです。慣れぬ山伏の姿となって奥州を目指して旅をするのに、なぜわざわざ手紙の書き方の参考書を持ち歩かなければならないのでしょうか。ずっと前から気になっていたのですが、以下のように考えてみたいと思います。

能において「往来」といってすぐに思い浮かぶ謡の言葉は、『鵜飼』の前シテとワキのやりとりです。

シテ「や。これは往来の人の御入り候よ
ワキ「さん候往来の僧にて候が。…

これを現代語訳すると、

シテ「おや、こんな所に旅のお方がいらっしゃいますな
ワキ「えぇ、諸国を行脚の旅の坊主でございますがな、…

手紙のことを行ったり来たりするので「往来」というように、旅のことも「往来」というと、これも古語辞典に記載されております。「往来の巻物」とはすなわち「旅の巻物」。「旅の巻物」とは、現代の「旅行ガイドブック」のことではないでしょうか。弁慶が笈の中に入れていたのは、見知らぬ土地、北陸道の道々の名所やグルメの情報が詰まった旅行ガイドブックであった…そう読むと腑に落ちます。平安時代末期、義経一行が奥州へ落ちたその頃にそのような物があったかはわかりませんが、能『安宅』が作られた室町時代中・後期頃には、いろいろな地域の旅行ガイドの「往来の巻物」があったのかもしれません。もっとも私の妄想ですので、あてにはなりませんが。

能の作者のねらい

本説の『義経記』を離れ、大胆な創作で構成された能『安宅』。しかしそこに描かれたドラマや、登場人物の想い、作品としての味わいの部分は『義経記』のままに表現することで、不遇のヒーロー源義経の物語をよりリアルに感じつつ、舞台を見守る観客の一人ひとりが弁慶と想いを共有し、主君を護り通そうと、危機を迎えるたびにハラハラドキドキできる曲。それが能の作者のねらいではないかと思われます。難解な言葉もほとんどなく、判官贔屓の広く浸透した時勢の観客たちにも大いに楽しむことのできる作品となった。だからこそ後に歌舞伎にも成り得たのでしょう。

ところで、主君義経に同行した家臣の名前が、始めのサシ謡の中で数人紹介されます。

シテ「さて御供の人々には

ツレ「伊勢の三郎　駿河の次郎。片岡　増尾　常陸坊…

と、弁慶の他に五人の名前が挙げられますが、歌舞伎では同行の山伏は四人登場し、それは四天王といわれる亀井六郎、片岡八郎、駿河次郎、常陸坊海尊の四人です。この四天王のうち片岡、駿河、常陸坊の三人は能と歌舞伎のどちらにも共通して名前が挙がっておりますが、能の中にその名が登場しない亀井六郎……。もちろん十一人の山伏の中の一人ではあるのですが、この方は能の世界ではまったく知られておりません、誠に残念なことです。この亀井六郎は義経の家臣であった鈴木兄弟の弟です。兄が鈴木三郎重家、弟が亀井六郎重清。この二人は紀州藤白の鈴木総本家の出身で、全国に熊野信仰を広め、熊野の一の鳥居といわれる藤白神社の宮司も務めた家柄。熊野水軍との関わりも深く、壇ノ浦の合戦で、船戦を得意とした平家軍に源氏軍が圧勝したのは、鈴木兄弟率いる熊野水軍の力あっての勝利であったといわれております。『義経記』ではその後、鈴木三郎重家も奥州高館に合流、衣川の戦いにおいて兄弟二人壮絶な最期を遂げます。古曲《こきょく》『語鈴木《かたりすずき》』には、義経一行が奥州に赴く際、病の床にあった母を見舞うために兄の三郎重家は故郷の藤白に戻り、弟の六郎重清が義経の供をして奥州に向かったことが記されております。

名字のつながりから、つい「鈴木」語りが熱くなりました。能『安宅』はどこまでも主君を護り、忠義を尽くす男たちの物語……。いや、実にカッコイイお話です。

梅《うめ》枝《がえ》

【能のうた】

道知らば摘みにも行かむ住之江の
岸に生ふてふ恋忘れ草

（『古今和歌集』墨滅歌《すみけちうた》　紀貫之　一一一一）

墨滅歌とは、藤原定家本『古今和歌集』の巻末に纏められている十一首の歌のことである。藤原定家が写した元の本の中で、元の状態がわかるようにして墨で消されている、いわゆる「見せ消ち」となっていた歌を、最終の巻第二十の後、巻末に一括して記載したもの。この歌は恋の歌で、元々は巻第十四、恋歌四の中に収められていた。

こんなにも想っているのに……。あの人は振り向いてくれないばかりか、私の元を離れていってしまった…と、いうような恋の破局であったり、最愛の者を突然の死が引き裂く…といった愛別離苦のつらい別れ。残された者の心には大きな苦しみがいつまでも疼き続ける。そんな、つらく悲しい想いから逃れられる妙薬…それが「忘れ草」。能『梅枝』では心囚《とら》われ、恋の妄執ゆえに成仏できずにいる女の霊。夫である楽人《がくにん》「富士」を亡くし、自らも死んだのに夫への情が忘れられない彼女もまたこの住吉の岸辺に生えた「忘れ草」を摘んですべてを忘れたいと言い、クセの中にこの貫之歌が引用されている。

［現代語訳］

道さえわかればねぇ、そりゃ摘みにもゆきますわ。ほら、住吉の岸に生えてる、悲しい恋を忘れさせてくれるっていう魔法の草を……。

【能『梅枝』】

＊あらすじ＊

国々を巡り修行を続ける身延山《みのぶさん》の僧たち（ワキ・ワキツレ）が摂津国《せっつのくに》住吉に到着すると急に村雨に見舞われ、粗末な庵に一夜の宿を借りる。庵の内には似つかわしからぬ楽太鼓《がくだいこ》。いわれを問う僧に庵の女主（前シテ）は、「昔、宮中での演奏会が行われたとき、天王寺に所属する楽人の浅間と、住吉大社に所属する富士がそのポストを争い上京したが、富士が選ばれたことを妬んだ浅間は富士を手に掛け殺害してしまった。富士の妻は夫との死別を悲しみ、形見となった太鼓を打ち心を慰めていたが、その妻もついには亡くなってしまった」と語る。富士の妻も亡くなった今、形見の太鼓と舞の衣裳がなぜここにあるのかと不審する僧に、自身が富士の妻

であると明かし姿を消す。（中入）

僧たちが『法華経』を読誦し跡を弔っていると、富士の妻（後シテ）が亡き夫の形見の衣裳を身に纏い、弔いを謝して懺悔《さんげ》物語に恋慕の想いを語り、［夜半楽］・［青海波］・［越天楽］・［想夫恋］を奏で、成仏は確かであるとしながらも、こうして昔の話をするのはやはり執心ですね…と言いつつ、明け方の未だ暗い闇の中へと姿を消してゆく。

季節：九月（旧暦）　作者：世阿弥

＊解説＊

能『富士太鼓』

昔は宮中をはじめ、大きな神社や寺院では専属の雅楽の演奏家（楽人・伶人《れいじん》）を置いて、さまざまな儀式や催しを執り行っていました。

この曲の中にその名が登場する「富士」と「浅間」の二人も、それぞれ住吉大社と四天王寺に所属する楽人でした（もっともこの作品はまったくのフィクションですので、この二人の人物ももちろん架空です）。この楽人・富士の妻を主人公にした作品に、本項『梅枝』ともう一つ『富士太鼓』があります。時系列に沿ってまず『富士太鼓』からお話したいと思います。

ワキが「萩原の院に仕へ奉る臣下」と言っていますので、時は第九十五代花園天皇（一二九七〜一三四八）の頃。それは鎌倉時代末期から室町時代初期にあたります。これは限りなく世阿弥の生きた頃に近い時代設定です。四天王寺に所属する浅間、また住吉大社に所属する富士、この二人は甲乙付けがたい太鼓の名演奏家でした。あるとき、内裏において、あちらこちらから名人上手のミュージシャン達が集められ、オールスター演奏会が催されることとなり、太鼓の奏者には浅間が選抜されます。この話を聞いた富士は、「なんでアイツが呼ばれてワシが呼ばれへんのや。納得でけへん！」と憤慨します。志願して上京しようとする富士を、妻は「お声がかかったんは浅間さんですやろ。選ばれもせえへんのにそないなことしたら、お上に梧突くようなことにならしまへんのんか？それにお前さまは住吉の明神さまにお仕えして演奏するゆう大事なお役目があるんやから、それでええやないの」と言って止めますが、妻の制止を振り切り富士は単身上京いたします（怪しい関西風の言葉遣い、お許しください。イメージです）。

さて、富士が志願してきたことで、内裏の役人たちは困惑いたします。確かに富士は浅間に劣らぬ太鼓の上手。大勢の役人たちの中には「富士推《お》し（ようは「贔屓」のこと）」の人々も多く、最終の判断を帝に仰ぐことになります。すると帝は「信濃なる浅間の嶽も燃ゆるといへば富士の煙のかひやなからん」という古歌を引き合いに出して「浅間でよかろう」と仰せになられましたので、内裏では当初の人選のとおり浅間で決着したのでした。一方、内裏での帝の判断を知る由もない浅間は、富士が志願して上京してきたことを知り甚だ憤ります。「何でやね

前シテ、手前に形見の衣裳と鳥兜

形見の衣裳と鳥兜を身に纏って舞う後シテ

ん。選ばれたんはワシやぞ、シバいたろかコラ※」と。怒りの感情を抑えることが出来なかった浅間は、富士を殺害してしまいます。

夫の上京後、どうにも不安な予感を拭えなかった妻は、娘と二人、夫を尋ねて都に上ります。しかし、そこで妻子を待っていたのは、富士が浅間に殺害されたという知らせと、亡き夫富士の形見の衣裳でした。「どうしてあのときあの人を止められなかったのか……」悔んでも悔やみきれない妻。夫の仇、浅間が憎い。そもそもこんなことになってしまったのは、あの人が太鼓の奏者であったから。あの人が楽人でなかったら、この世に太鼓なんてものがなければ、あの人が命を落とすことはなかった……。夫の形見の衣裳を身に纏い、妻は半ば狂乱の態で太鼓を仇とばかりに打ち鳴らし、舞を舞い、苦しい想いをグッと飲み込み、何とか気持ちを落ち着かせ、「この想いは絶対に忘れないわ」と、ジッと太鼓を見据えて住吉へ帰ってゆくのでした。

能『梅枝』

あらすじの段と内容が重なってしまいますが、続けて能『梅枝』の内容を少し詳しくみてみましょう。

さて、富士が浅間に殺害されてから随分と時間が経ちました。あの事件の後、富士の妻は常に夫の形見の太鼓を打って心を慰めておりましたが、その妻もついに身罷《みまか》ったのでした。最期のときまで彼女の心を支配していたのは、夫の富士を殺《あや》めた浅間への憎しみ・瞋恚《しんい》（＝怒りの心）の炎でした。元はといえば、浅間が選抜されたのにも拘らず富士が強引に志願したことで起きた事件。しかしながら、「旦那愛おし、浅間は憎し」の心から、いつしか夫の富士を正当化し、浅間を一方的に非難することで自身の心のバランスを取るようになってゆきます。おそらく生前から、時間の経過と共に、他人に語る事件の一部始終は少しずつ変化していったのだろうと考えられます。

ある夕暮れ、にわか雨に降られ、難儀をした旅の僧が住吉で粗末な庵に宿を借ります。その家の中には似つかわしくない楽太鼓と舞楽の衣裳……。主人にそのいわれを聞くと、これはある人の形見であると言います。昔、天王寺に浅間、住吉に富士というライバル同士の楽人がいた。あるとき、内裏での演奏会の配役を巡り、二人は都に上京。結果、富士がその役に抜擢されたのだが、それを妬んだ浅間が富士を討ち、殺めてしまった。事件の後、富士の妻は形見の太鼓を打って心を慰めていたが、その妻もついに亡くなったのだと……。富士の妻ゆかりの者かと僧に尋ねられ、一度は否定するも、実は富士の妻の霊であると明かし、執心を晴らしてくれるよう頼み、姿を消します。

この作品の中で最も重要なのが、富士が殺害された経緯について、事実の摺り替えがなされているという点です。先にも述べましたように、富士の妻は自身の心のバランスを取るために

「悪いのは浅間！　うちの亭主に非はない」と、おそらく本人自身、無意識のうちにそう思い込むようになっていったのだろうと思われます。ある種の妄想ですが、作者の世阿弥はその本文中で「なういづれも女は思ひ深し。殊に恋慕の涙に沈むを。などか哀れと御覧ぜざらん」と富士の妻に言わせ、想いの深さこそが妄想をも産みだし、執心となってゆくのだと語ります。『富士太鼓』では、理不尽によってもたらされた愛別離苦の悲しみを謡い、『梅枝』では、いつまでも褪《あ》せることのない恋慕の想いからくる妄想を、『法華経』の功徳によって昇華させ、成仏への道筋を明らかにする……。この二曲を合わせて一人の女性の心の、魂の救済が完結する構成としたのでしょう。能の演出上、どちらの曲も「楽《がく》」という舞を舞います。同じ人物の同じ舞でありながら、置かれた心の情況が異なりますので、まったく異なる心模様がここにはあります。これもまた作者、世阿弥の狙いなのでしょう。

［越天楽］の唱歌

『梅枝』では、楽の舞に入るところに「梅が枝にこそ　鶯は巣をくへ　風吹かばいかにせん　花に宿る鶯」という言葉が出て参ります。能では『玄象《げんじょう》』と、この『梅枝』にこのフレーズが謡われます。これは奈良の興福寺の延年舞式の中に、「越天楽歌物」として記録されている詞《ことば》です。能『玄象』の中ではこの歌を唱歌《しょうが》と称しております。唱歌は本来、管楽器の音をド・

レ・ミ・ファ…のように、声にして唱える、稽古のための唱え歌のことですが、意味を持った言葉を雅楽の［越天楽］の旋律に合わせて歌うものに「越天楽今様」と、この「越天楽歌物」があります。「越天楽今様」は、慈鎮和尚（大僧正慈円）の「春の弥生のあけぼのに 四方の山辺をみわたせば 花ざかりかも白雲の かからぬ峯こそなかりけれ……」が有名ですが、能では歌物の詞「梅が枝にこそ」を用いております。いずれも［越天楽］の音を取って歌うわけですが、能では能の音階と節回しで謡としての表現となりますので、質感はだいぶ異なろうかと思われます。もっとも、「楽」の演奏自体、雅楽の［越天楽］とは随分と異なる音楽となっておりますので、あくまでイメージとしての［越天楽］となります。

恋の妄執プラスα…どうしても許すことの出来ない瞋恚の炎を内に秘めつつ、『法華経』の功徳を受けて成仏してゆく、情念から覚りの世界への道筋をみつめる、深い眼差しを持った作品です。

小《お》塩《しお》

【能のうた】

月やあらぬ春や昔の春ならぬ
　わが身一つはもとの身にして
（『古今和歌集』恋歌五　在原業平　七四七）

紀貫之は『古今和歌集』の仮名序の中で、業平について「在原業平は、その心あまりて、ことばたらず。しぼめる花の色なくてにほひ残れるがごとし」と評している。歌に込めたい想いが多すぎて、しかし充分に表現する言葉が足りず、バランスに欠いた詠みっぷりだというのである。この歌もそうした業平のビミョ〜な詠みっぷりの一つとして挙げられる一首。この歌は能『雲林院』、本項『小塩』ともに後シテの登場に遠い昔を思い返す趣向で謡われる。

この『古今和歌集』歌には『伊勢物語』四段の本文とほぼ同じ内容の、長い詞書きが以下のように記されている。「五条の后の宮の西の対《たい》に住みける人に、本意《ほい》にはあらで、もの言ひわたりけるを、睦月《むつき》の十日あまりになむ、ほかへかくれにける。あり所は聞きけれど、えもの言はで、またの年の春、梅の花ざかりに、月のおもしろかりける夜、去年《こぞ》を恋ひて、あばらなる板敷にふせりてよめる」（現代語訳：皇太后さまの寝殿の西側の館に住んでいた人に、「まずいよなぁ……」と思いながらも「キミのことが大好きさ♡」って言い続けていたら、一月の十日過ぎ頃に他所に引っ越してしまった。行った先の情報は入手したけど、もはや手の届かない所だったんだ。翌年の春、梅の花が満開のころ、月の綺麗な晩に彼女のことを想いつつ、去年の今頃はなぁ…なんて思いながら何もないガランとした部屋のフローリングに寝そべって詠んだ歌）。

［現代語訳］

月は去年の月とは違うのか？　いや違うまい。春は…去年の春とは違うのか？　いや違うまい。俺はどうだ？　この身は去年とまったく同じではあるが、何か違う。何が……？　君がいなくなって、この胸にポッカリ穴が開いちまったんだ。自分の置かれた状況が変わって、何もかもが去年とは違ってみえる。恋しいよ〜、せつないよ〜。

【能『小塩』】

＊あらすじ＊

下京辺に住む者（ワキ）が数人の者たち（ワキツレ）と大原野へ花見に出掛ける。大勢の賑わいの中、花の枝を手にして華やいだ風情の老人（前シテ）と遭遇する。どこから来たのだと声をかけると、「賤しい山の木樵に花好きは似合わないぞと、笑い者にしようってのかい？ この身は埋れ木みたいなもんだが、心は埋もれちゃいねぇよ」と戯れてみせる。その後老人は大原野、小塩の山の景色を愛で、昔この大原野の行幸に在原業平が供奉《ぐぶ》し「大原や小塩の山も今日こそは 神代の事も思ひ出づらめ」と詠んだことなどを語り、花に興じていたが、西の空が紅く染まるころスーッとその姿を消してしまう。（中入）

かの老人、さては在原業平の仮の姿であったかと、夜を通して待ち受けていると、花見車に乗った業平（後シテ）が在りし日の姿で現れる。『伊勢物語』に記されたさまざまの恋の歌を物語り、古を偲び舞を舞い、なおもこの大原野、小塩の行幸を懐かしみ、ほのぼのとした春の曙にその姿を消す。

季節：三月　　作者：金春禅竹

＊解説＊

出典

この曲『小塩』は、『古今和歌集』と『伊勢物語』にみられる在原業平の歌に詩的感興を得て紡ぎ出された物語です。

後シテの登場

大原や小塩の山も今日こそは
　神代のことも思ひ出づらめ
　　　　　（『古今和歌集』雑歌上　在原業平　八七一）

ここには「二条の后の、まだ東宮の御息所と申しける時に、大原野にまうでたまひける日よめる」と詞書きされております。一方『伊勢物語』七十六段では

昔、二条の后のまだ春宮の御息所と申しける時、氏神にまうで給ひけるに、近衛府《このえづかさ》にさぶらひける翁、人々の禄たまはるついでに御車よりたまはりて、よみて奉りける、
　大原や小塩の山もけふこそは
　　神世のことも思ひ出づらめ
とて心にもかなしとや思ひけむ、いかが思ひけむ、知らずかし

とあり、『古今和歌集』も『伊勢物語』も、どちらも同じ日のエピソードを取り上げていることがわかります。さて、このエピソード、いったいいつのことなのでしょうか。

在原業平と藤原高子《たかいこ》

在原業平と藤原高子との関係性につきましては、前著『能のうた』の第3章『雲林院』や『杜若』の項にかなり詳しく解説させていただいておりますが、ここでも簡単にお話申し上げたいと思います。

在原業平は天長二年（八二五）生まれ、平城《へいぜい》天皇の皇子である阿保《あぼ》親王の五男です。平城天皇の失政により弘仁元年（八一〇）に起こった「薬子《くすこ》の変」で、阿保親王は連座の罪に問われ、太宰権帥《だざいのごんのそち》を任ぜられ、事実上都を追放されました。平城帝が崩御された天長元年（八二四）、嵯峨上皇より赦されようやく阿保親王は都に帰ることが叶います。業平が生まれた翌年の天長三年、阿保親王の上表により兄の仲平、行平らとともに業平は臣籍に降下、在原姓を賜ります。承和九年（八四二）、業平が十八の年に父の阿保親王は亡くなりますが、この頃、業平はまだ初冠《ういこうぶり》をしてはおりません。上級の貴族階級の元服の儀式である初冠。通常十五、六歳でなされる初冠を、業平は二十五歳で行っております。元服に相応しい年頃、父の阿保親王はまだ健在でしたが、「薬子の変」の影響ゆえか、初冠は見送られ続けました。阿保親王が亡くなられた後、確とした後ろ盾がなかった業平を後見、サポートしてくれたのが舅の紀有常であったようです。有常は業平より十歳年長でしたが、当時はまだそれほどの政治力を持ってはいなかったと思われます。有常の妹の種子は仁明天皇の更衣となり常康親王《つねやすしんのう》を産み、またもう一人の妹静子は文徳天皇の更衣となって惟喬親王《これたかしんのう》を産んでおりましたので、有常の父である紀名虎の築いた紀氏一族の政治的基盤が業平を支えてくれたと考えてよいのではないでしょうか。

業平は紀氏の支援を受けてある程度不遇からは抜け出したとはいえ、しかしながら当時は藤原氏が摂関政治をガッチリと推し進めた時期。藤原北家、その嫡流冬嗣《ふゆつぐ》の娘で、長良《ながら》の妹順子《のぶこ》は仁明天皇の女御となり道康親王（文徳天皇）を産みます。また、長良の弟の良房《よしふさ》は娘の明子《あきらけいこ》を文徳天皇の女御として入内《じゅだい》させ、嘉祥三年（八五〇）に惟仁親王《これひとしんのう》（清和天皇）が生まれます。

藤原高子は長良の娘です。承和九年（八四二）の生まれですので、業平よりも十七歳年下となります。良房は、母も祖母も藤原氏という、生粋の藤原氏の天皇となる清和天皇の后に更なる藤原氏の血筋として、兄長良の娘の高子を…と考えておりましたが、清和天皇が高子よりも八つも年下であったため、高子は長きにわたり入内を待たされることとなります。清和天皇十七歳の年、高子は二十五歳で入内します。当時の貴族階級女性としてはアリエナイ晩婚といえます。

なお高子が十七歳の年に清和天皇は九才で即位しており、高子入内の話が具体的になった、おそらくそのころ業平は「高子ナンパ大作戦」に打って出たのでしょう。この当時の藤原氏の勢いを削ごうという目的であった可能性が高いと思われますが、藤原氏に対抗する紀氏一族の身内となっていた業平は高子に接近するのです。

その後の顚末につきましては、『伊勢物語』六段のお話にあるように、高子を連れ出しての逃避行は失敗、次の天皇となるべき人のフィアンセにチョッカイを出した咎で都を所払いとなり、東国へミソギの旅をした…というのが『伊勢物語』七段から十五段まで続く「東国下り」の部分になります。

若い頃は祖父の蒔いた種で、大人になってからは自らの蒔いた種で「冷や飯食い」の時期が長引いた業平ですが、三十七歳の年から少しずつ昇進してゆきます。つまり、ここでひとまず「高子ナンパ大作戦」のミソギが一段落したとみることができるかと思います。

さて、前提となるお話が長くなりました。能『小塩』の出典となっている『伊勢物語』七十六段のお話はいつのことなのでしょうか。二条の后、藤原高子がまだ東宮（春宮）の御息所と呼ばれていた時期とはつまり、貞明親王《さだあきら》（陽成天皇《ようぜい》）が生後まもなく皇太子となった貞観十一年（八六九）から即位した貞観十八年の十一月までの七年間になります。業平は四十歳のときに左近衛権少将、四十一歳から五十歳まで右馬頭《うまのかみ》、貞観十七年正月、五十一歳の年に右近衛権中将となります。となりますと、貞明親王がまだ東宮で、清和天皇・二条の后高子が大原野神社に行幸した折に業平が近衛府の役人として供奉した可能性があるのは、貞観十七年から十八年の間。ということは、業平が五十一、二歳のときのことのようです。

能の作者・禅竹の狙い

能『小塩』は、世阿弥の娘婿である金春禅竹の作品です。上演記録の初見は、寛正六年（一四六五）九月二十五日、将軍足利義政が春日大社参詣のために奈良に赴いた折の四座立合猿楽の催しです。既に第一線を退いていた、当時六十一歳の禅竹によって上演されており、このときの『小塩』は新作能として発表されたのではないかとの考察もされているようです。

能『雲林院』には世阿弥直筆本が残されております。世阿弥の作との断定は出来ませんが、その当時の『雲林院』は、現在のような三番目風の夢幻能ではなく、五番目の鬼の能の仕立となっているのです。業平を主人公に、美しく雅な夢幻能の作能を試みた嚆矢《こうし》は、金春禅竹の『小塩』であったのでしょう。リアルタイムな表現で業平と高子の禁断の恋を描いた、古式の『雲林院』に対して、「そんな時代もあったね」と、青春時代を懐古するような質感で「神代のことも思ひいづらめ」なんて洒落てみた、晩年の業平を彷彿とさせつつ達観したかのような明るさ……。そこには義父の世阿弥の時代、また金春太夫としての自らの時代を生きてきた禅竹ならではの経験豊かな客観的目線と、おそらく彼自身の性格であろう穏かで慈しみに溢れた優しさが、この明るさを創り出しているように思われます。古くは、鬼の能であった『雲林院』の後の場面にこの『小塩』の構成を取り入れ、のちに夢幻能として改作されました。巷間に広まっていた「歌舞の菩薩」としての在原業平像を描き出すのには、鬼の能ではなく、やはり雅やかな夢幻能こそが相応しいと考えられたのでしょう。結果的に姉妹曲などといわれる類曲となってしまいましたが、どこか翳《かげ》りのある『雲林院』に対して、『小塩』はどこまでもおおらかで明るく、ほのぼのとした質感に仕上がっております。これはどこか能『夕顔』と『半蔀』の風情に似ているようにも思われます。同一人物を主人公にしながらも、「陰」と「陽」の二つの質感の曲種に作り分けられていることで、表現してゆく人物像により深い奥行きが出てくるようです。もちろん、それぞれ作者が違いますので、意図的にそう作られたというわけではありませんが……。

花見車の作り物

後の場面、ワキの待謡に続き「一声《いっせい》」という、シテの登場の囃子の演奏となります。ここで後見が花見車の作り物を舞台に出し、登場したシテはこの車に乗り「月やあらぬ」と謡い出します。能『熊野』で使用する牛車の作り物に桜の花を取り付けた、華やかなデコ車で、舞台の上がパッと明るくなります。しかし、よく考えてみると変なんです。大原野への行幸の折、車に乗っているのは帝（清和天皇）と二条の后高子で、業平は供奉した近衛府の役人なのですから車に乗っているはずはないのです。理屈で考えるとアリエナイ演出ですが、この、業平を車に乗せてしまう演出ゆえに、実際の能の舞台には登場しない二条の后高子と業平の親密な気持ちの繋がりを、さり気なくほんのりと、ちょいとばかり色っぽく表現することが可能となっているように思われます。

✤　✤　✤

大原野の行幸に供奉したときの業平は五十一、二歳。色気あるオジサマの風情を漂わせ、「いろんなことがあったねぇ……」と、明るくダンディに決めたい、ステキな一曲です。

鉢《はち》木《のき》

【能のうた】

駒とめて袖うちはらふ陰もなし
　佐野のわたりの雪の夕暮れ　（『新古今和歌集』冬歌　藤原定家　六七一）

藤原定家は応保二年（一一六二）生まれで、仁治二年（一二四一）の没。九十一歳で天寿を全うした父の俊成のDNAゆえか、定家もこの時代には長寿の八十歳まで生きた。和歌所寄人《よりゅうど》、『新古今和歌集』撰者。歌論書に『近代秀歌』『毎月抄』『詠歌之大概』。日記に『明月記』。その他、注釈書や物語など多数執筆。

この歌は『万葉集』巻三、二六五の長忌寸《ながのいみき》奥麻呂《おきまろ》の歌、

苦しくもふりくる雨かみわがさき
　狭野のわたりに家もあらなくに

を本歌として、雨を雪に置き換え、「はて、どうしたものか……」と進退窮まった不安な気分を表現している。「みわがさき」は「神が崎」とも「三輪が崎」とも記し、『万葉集』の注釈では和歌山県新宮市とされている。また、「佐野のわたり」は大和国《やまとのくに》の歌枕なので、定家の歌では奈良県桜井市を舞台に詠まれている。この「佐野のわたり」繋がりで能の作者はこの歌を能『鉢木』に引用する。

『鉢木』では、大雪に見舞われた上野国《こうずけのくに》の佐野で、旅の僧が一夜の宿を乞うも、貧しさを恥じた佐野源左衛門常世は断る。どうあっても泊めるわけにはゆかないと三度まで宿を断る常世に、仕方なく僧は再び雪の降りしきる道を歩み始めるものの、余りの雪に立ち往生し、袖に降り積もった雪を打ち払う。その様子をみて常世はふとこの定家の歌を思い出す。

[現代語訳]
この大雪、馬を停めて袖に降り積もった雪を払い落とす木蔭一つない。もう夕暮れだというのに……。さてどうしたものか、この佐野の辺りで。

【能『鉢木』】

あらすじ

このほど信濃国《しなののくに》を行脚していた旅の僧（前ワキ）が、雪深くなってきたので、ひとまず鎌倉に上ろうと上野国《こうずけのくに》、佐野の辺りに到着するとまた大雪に見舞われる。一夜の宿を請うと、その家の妻（ツレ）は主《あるじ》が不在なので宿は貸せないと断る。ならば主に直接掛け合おうと旅の僧は主の帰りを表で待つことにする。妻も外に立ち主の帰りを待っていると、愚痴混じりに主（前シテ）が帰ってくる。一夜の宿を請う僧に、主は三度まで断る。さすがに不快感を滲ませ立ち去る旅僧を夫婦は見送る。妻は、自分たちがこのように零落したのも前世での行いがよくなかったからで、あのように難儀している旅僧を見捨てず、ぜひとも接待してほしいと訴える。見すぼらしい家、惨めな暮らし振りを恥ずかしく思うであろう妻を思い遣って三度まで断ったが、妻がそう言うのであればと主は後を追い、僧を呼び止め家に招き入れる。粟の飯でもてなし、夜が更け一段と寒さが増してくると、秘蔵していた「梅」「桜」「松」の三つの鉢木を切り、火に焚いて暖をとらせる。主の名を尋ねる僧に主は佐野の源左衛門常世であると明かす。一族の者たちに横領され、今ではこのような零落振りではあるが、もし鎌倉に何かあれば一番に馳せ参じ、戦さとならば命を散らしてでも、との覚悟を語る。僧は「最明寺時頼《さいみょうじときより》殿とは知らぬ仲ではない、鎌倉に上ることがあれば訪ねて来られよ……」と言い残し、常世夫婦と別れる。

（中入）

後日、執権最明寺時頼から出された触れにより関八州の大名小名が鎌倉に集められる。集まった諸国の軍勢の中に、果たして常世（後シテ）の見すぼらしいながらも凛とした姿があった。時頼（後ワキ）は集まった者たちの中でもっとも見すぼらしい武者を呼び付ける。時頼の御前に連れ出された常世、いつぞやの大雪の日に世話になった僧だと明かす時頼。語っていた言葉を違《たが》えず一番に馳せ参じたことを評価し、横領された本領を安堵する。また大雪の寒い晩、暖をとるために薪とした「梅」「桜」「松」の、三つの鉢木の返礼にと、加賀国《かがのくに》に梅田、越中国《えっちゅうのくに》に桜井、上野国に松井田の合わせて三箇の庄を与える。常世は喜び、本領へと帰ってゆく。

季節：十二月（旧暦）　　作者：不詳（世阿弥また観阿弥説あり）

＊解説＊

北条時頼《ときより》の廻国伝説

鎌倉幕府の五代執権であった北条時頼は安貞元年（一二二七）の生まれで、弘長三年（一二六三）の没。執権としての在職期間は寛元四年（一二四六）から康元元年（一二五六）の十年間で、この間に三浦氏をはじめとする、北条氏と対立する御家人の勢力を滅し、北条得宗家の独裁的な政治を強めてゆきます。その一方で、迅速で公正な訴訟・裁判の機関である引付衆《ひきつけしゅう》を設置したり、庶民への救済政策を採り、質素を旨とし、民をいたわる政治を展開してゆきます。また、仏教…殊に禅宗の教えに帰依し、南宋の高僧・蘭渓道隆《らんけいどうりゅう》を招聘《しょうへい》し、建長五年（一二五

243 鉢　木

前シテ、鉢木の雪を払う

三） 建長寺を開創します。

康元元年、時頼は天然痘を患い、それを機に執権を北条長時《ながとき》に譲り、最明寺で出家して覚《かく》了房道崇《りょうぼうどうそう》と名乗ります。義弟である長時への執権の座の交代は、嫡子である時宗が未だ六歳と幼く、成長するまでの代理としての「眼代《がんだい》」を条件としたもので、実質上の権限は依然時頼にありました。これはいってみれば平安時代末期の天皇家の「院政」と同じようなシステムです。出家してから没年までの七年間、この間も時頼は精力的に仕事をしているのですが、後に廻国伝説として残されたお話はこの期間のこととして伝承されているようです。

偉い人が諸国を漫遊した…というので有名なのは、時代劇でお馴染みの水戸黄門さまでございますが、史実として黄門さまが諸国を漫遊されたことはないのだそうです。この、黄門さまの諸国漫遊のモデルになっているのが最明寺時頼の廻国伝説だといわれております。鎌倉時代の正史『吾妻鏡』には時頼の廻国にまつわる記述はありませんが、『太平記』や『増鏡』には時頼が諸国を巡って、理不尽な境遇に苦しむ人々に適正な沙汰をして安堵させる逸話が紹介されております。これらのエピソードは史実とは断定出来ないものの、『鉢木』のモデルとなったような、何らかの逸話が当時あったのかもしれません。

梅・桜・松の鉢木

佐野源左衛門常世は一族の人々に横領されて零落、みるも哀れな状況となってしまいました。かつて華やかに暮らしていた時分、趣味にしていた鉢木すなわち盆栽は、貧しさのあまりことごとく手放してしまいますが、これほど貧乏をし尽くしても手放さず、今も手元に置いている鉢木が三つあります。それが梅と桜、そして松でした。謡曲の本文を読んでも、なぜこの三つだけを手元に残しているのか、その理由は記されておりません。ところが面白いことに講談の『鉢の木』ではなぜこの三つの木を残しているのか、その理由がハッキリと語られております。梅は学問、そして雨露霜雪《うろそうせつ》に負けぬ精神性の譬《たと》え、桜は武士として戦場に命を捨てる、散り際の潔さの象徴として、松は四季を通して色を変えないことから「忠臣二君に仕えず」の譬えとして常世は殊の外大切にしてきたことが明かされます。貧しさを極めた常世には、武士としての最後の心の拠り所がこの三つの鉢木であったわけですが、この大雪の寒い晩、旅の僧侶をもてなすためならばと、一番大切にしている鉢木をも火に焚べるという、正しく捨身の行《ぎょう》ともいえるつらい行為に打って出ます。そこで明かされる常世の、主君への想い……。こんな酷い身の上となってはいても、「いざ鎌倉」という非常事態には、一番に馳せ参じ、命を惜しまず戦う覚悟。武家社会において家臣の鑑となる忠義の心、鎌倉武士の心意気は、江戸時代には武家のお手本となったことでしょう。現代の感覚では、封建的武士道精神として古臭い、前時代的なものと思われがちかもしれませんが、その美学は今どきの我々にもなお「カッコイイなぁ

〜」と、心に響く価値観として共有できるものがあるように思われます。

「薪之段」の詞章改変

さて、この三つの鉢木を伐って火に焚《く》べる「薪之段」と呼ばれる章段ですが、江戸時代には徳川家の松平姓に憚り「松はもとより煙にて。薪となるも理や」という本来の文言を「松はもとより常盤にて。薪となるは梅桜」と詞章を変えて謡っておりました。この詞章ですと松は伐ってませんし、薪にもしていないこととなります。なお後日鎌倉で最明寺時頼は、あの大雪の日、薪として火に焚べた梅・桜・松の返礼にと、加賀に梅田・越中に桜井・上野に松井田の合わせて三箇の庄を常世に取らせるわけで、松を伐らないとなると、この件《くだり》の言葉も松井田を除き二箇の庄としなければ辻褄が合わないのですが、そこまでの改変はしておりません。理屈に合いませんが、松を「薪となるも理や」としているところだけNGとしたようです。江戸時代に改変されたこの詞章は、昭和の初期頃まで当たり前に謡われておりました。

ところで「薪之段」、シテの様子を見ているとお気づきになると思いますが、実は型の上でも梅と桜の二本しか伐っていないのです。他の流儀ではどうされているのかわかりませんが、観世流の型ですと、梅と桜は伐る型があるのですが、松を伐る型がないのです。ですから、ワキの前に持って出る枝も梅と桜の二本となっているのです。ひょっとすると、江戸時代に詞章の改変に伴い、木を伐る演出も併せて梅と桜の二本にしたのでしょうか。謡の詞章が元に戻った現在でも、なぜか型の上では松を伐って薪とはしないのです。実に、不・思・議。

当時の流行り言葉?!

『鉢木』の謡をお稽古をされた方ですと、「はて?」と思われたことのある方もあるかもしれません。この曲の本文中に「自然」という言葉が三度用いられております。例えば『自然居士』を「じねんこじ」と読みますように、古典の中に登場するこの言葉は「自《おの》ずから」という副詞、或いは「天然の」という形容動詞として、読みは「じねん」と読ませることが多いのですが、この『鉢木』の中では三たび「しぜん」と読ませております。読み方の違いは呉音で読むのか、漢音で読むのかの違いで両様の用い方があるのですが、どこか不自然さを感じてしまいます。

一、御志はありがたう候へども。自然又おこと
　世に出で給はん時の御慰みにて候間
二、何と仰せ候とも常人とは見え給はず候。
　自然の時の為にて候
三、自然鎌倉に御上りあらばお訪ねあれ

この三つの「自然」は、すべて旅の僧侶（最明寺時頼）から常世に対して発せられた言葉です。一、の自然は、「きっと」という必然性を表し、二、は「ひょんなことから」という偶然性を表し、三、は「何ぞの折」という、これもある種の必然性を表した使い方ですが、他の曲にはこのような使われ方はみられないように思われます。曲中に三度まで「しぜん」を用いることから考えてみますに、この曲が書かれた時期、鎌倉を中心とする武士階級の人々の中で「しぜん」という言葉が流行っていたのかもしれません、「今年の流行語大賞」みたいに……。もちろんこれは私の勝手な空想ですが。

居ずまいを正し、清貧に、ストイックに……。カッコイイ鎌倉武士に少しでも近づくことができるよう、一所懸命に精進しなくてはなぁと、ちょっとだけ襟を正したくなる一曲です。

藤《ふじ》戸《と》

【能のうた】

人の親の心は闇にあらねども
子を思ふ道に迷ひぬるかな

（『後撰和歌集』雑歌一　藤原兼輔《かねすけ》　一一〇二）

藤原兼輔は元慶元年（八七七）生まれで承平三年（九三三）の没。平安時代の前期から中期にかけての公卿で歌人。三十六歌仙の一人。紫式部の曾祖父にあたる。賀茂川堤に邸宅を構えていたことから堤中納言と呼ばれる。家集に『兼輔集』。

子を思う親の心情を的確に詠み込んだこの歌は、当時から広く知られ、紫式部も『源氏物語』中に度々引用している。能『藤戸』では、息子を殺された母の悲しみを謡う「クセ」の冒頭に引用する。

［現代語訳］

恋は盲目…じゃないけど、子どもを持つ親の心ってのもシンドイものやね。頭の中はいつでも子どものことばっかり。周りのことなんて何にも見えやしないんだもの。そのくらい子どもってもんは、可愛いんよねぇ……。

【能『藤戸』】

＊あらすじ＊

源氏の武将佐々木盛綱（ワキ）は、従者（ワキツレ）を伴い、藤戸の先陣の恩賞として与えられた備前の児島に新たな領主として国入りをする。訴訟事があれば申し出よと触れると、初老の女（前シテ）が現れ、「よくも我が子を海に沈めて殺してくれたな」と言うが盛綱は知らぬふりをする。女は周りによく聞こえるよう、声高に「あたしの息子を海に沈めて殺したことですよ！」と切り返すと「あ～やかましい！」とねじ伏せようとする。女が想いの丈を吐露すると、ようやく盛綱も、自分が手柄を立てるために浦の漁師を手に掛けたことを明らかにする。平家が陣取る沖の児嶋に馬で渡れる浅瀬を浦の男から聞き出した盛綱は、他の源氏方の者にこの情報が漏れないように、情報提供者の男を口封じのために殺したことを明かすが、「前世の行いが悪くてそのような死に方をしたのだから諦めろ」という。慈しみ育てた子どもに先立たれた悲しみを嘆き、「一家を支えていた息子を理不尽に殺され、この先どうしろというのか。いっそ私のことも息子と同じように殺しておくれ！」と盛綱に詰め寄る女。盛綱に叩かれ地面に転げた女は起き上がり「息子を返せ!」と叫び泣き崩れる。さすがに盛綱も周囲を気にして、殺した男のことを弔い、遺族たちに補償することを約束し女を自宅に帰す。(中入)

盛綱が『般若理趣経』を唱え浦の男を弔っていると、男の幽霊(後シテ)が現れ、自分が提供した情報で手柄を上げることが出来たのだから、恩賞をいただきこそすれ、命を取られるいわれなどなかったものを、と怨みを述べる。悪霊となり祟ろうと思ってはいた男だが、この弔いにより盛綱を許し、男は成仏してゆく。

季節:三月　　作者:世阿弥(不詳とも)

＊解説＊

能の背景

私が以前、能『天鼓』を勤めました折に、この能の作者がいったい誰なのかが甚だ気になり、随分と空想と妄想を膨らませて推理してみました(前著『能のうた』第4章『天鼓』参照)。その折、私の頭の中で同時に空想と妄想を膨らませて作者を推理していた曲が、この『藤戸』です。『天鼓』と『藤戸』は、曲の構成と状況設定が極めて似ていることから、同一の根拠(背景となる事件・物語)を、視点を変えて二人の作者がそれぞれの主張を持って作品化したものと仮定してみたいと思います。さて、その背景となる事件とは……。

後シテ

永享四年（一四三二）八月、勢州安濃の津（現在の三重県津市）での公演先で世阿弥の息男十郎元雅が急逝します。病気であったのか、或いは事故であったのか、はたまた事件（暗殺）であったのか……。はっきりとした理由は明確にされてはいませんが、元雅急逝の翌九月に世阿弥は『夢跡一紙《むせきいっし》』と題するエッセイ風の文章を残しております。その中の一節「孔子は鯉魚《りぎょ》に別れて思ひの火を胸に焚き、白居易は子を先立てゝ枕に残る薬を恨む」がそのまま『天鼓』に引用されているのです。『天鼓』は、少年天鼓が持つ、妙なる音色を奏でる鼓を帝が権力にものをいわせて強引に奪い取り、抵抗した天鼓を死罪として呂水の江に沈めます。少年の父、王伯は我が子を先立てた歎きとしてこの「孔子は鯉魚に別れて……」を独白調に、橋掛りに登場したところで謡います。

　このストーリーの背景に十郎元雅の死があるとすれば、権力者すなわち足利六代将軍義教から何かの譲渡を求められ、それを断り抵抗したことが原因で元雅は殺された…と考えるのが理に適っているように思われます。世阿弥の甥の三郎元重（音阿弥）を殊の外贔屓《ひいき》にしていた将軍義教は、観世大夫を元雅ではなく元重に相続させるよう、世阿弥に圧力をかけていたが、世阿弥が素直に従わなかったので、世間にバレぬよう密かに刺客を送り込んだものと考えられないでしょうか。

世阿弥の後継問題

山田猿楽の三男であった観阿弥の通称である「三郎」の名は世阿弥に継承され、世阿弥には「観世三郎」という名での記録が残っております。後にこの「三郎」を世阿弥の弟四郎の息男元重も名乗り、同様に「観世三郎」と記されていることから、世阿弥の元に元雅が生まれる以前、後継者候補として元重を世阿弥の養嗣子としていた…という見方が、学術的にもほぼ確実視されております。また世阿弥の二人の息子、十郎元雅と七郎元能は、一般的に元雅が兄で元能が弟とされておりますが、実はどちらが兄でどちらが弟であるのか、ハッキリわかってはいないのだそうです。もし、七郎元能が兄だとすると、元雅が将来大夫となるべき才能を開花させるようになる年頃までは、世阿弥自身も「後継者は元重」と決めて元重の教導にあたっていたのでしょう。

七郎元能は応永三十年(一四二三)に世阿弥から『三道』を相伝され、永享二年(一四三〇)に世阿弥の芸談を『申楽談儀』に纏めた後、出家遁世しておりますが、シテ方としての演能記録が残されていないことから推測しますと、シテ方の役者としての資質よりも、もっと別の才能を発揮した人であったのでしょう。また、『風姿花伝』『花鏡』が元雅に、『六義』『拾玉得花』が娘婿の金春禅竹に相伝されており、その他の伝書で、奥書に特別な記述のないものはすべて元雅に相伝されていたこと、その一方で元重に相伝された伝書がないことを考えますと、元雅が大人の役者として成長し、世阿弥が次々と伝書を執筆していたその時期、「観世座の後継者は元雅」と、世阿弥は一座の中でもハッキリと明言していたのではないでしょうか。

足利六代将軍義教の圧力

四代将軍義持は応永三十年（一四二三）に将軍職を嫡男の義量《よしかず》に譲ります。十七歳で五代将軍となった義量は、しかし二年で夭折します。他に後継者のなかった義持は後継者を定めることなく病床に臥せり、最終的に義持の弟四人の中からくじ引きで六代将軍を選ぶこととなります。くじに当たったのは天台座主として青蓮院《しょうれんいん》に住持していた義円《ぎえん》でした。応永三十五年、義円は還俗して足利六代将軍義教となります。

義教は将軍となる以前から三郎元重の芸風を好み、応永三十四年に京真言観音堂造営のための勧進興行を元重に任せております。どうやらすでにこの頃、観世座の大夫となるはずだったものが、明らかに後継を外された元重は、観世座の一グループとして、別団体を率いて活動をしていたようです。

義教は将軍の権威・権力をもって大名家の家督相続問題にやたらと干渉し、また公家や、武力・財力を蓄えて強大化していた比叡山延暦寺に対しても強硬で残虐な振る舞いが多く、世間から「悪御所」と恐れられた人物です。

永享元年（一四二九）、世阿弥はその義教に呼び出され、観世大夫の職と観世家の伝書を元重に譲るよう命ぜられます。これにイエスと答えなかったことから世阿弥・元雅親子は仙洞御所への出仕を差し止められ、醍醐寺清滝宮の楽頭職をも罷免されます。それに取って代わったのが元重でした。

永享四年八月、勢州安濃の津の公演先で十郎元雅は客死します。この翌年、義教は元重に観世大夫の職を与え、京都糺河原において観世宗家継承披露ともいうべき盛大な勧進猿楽を興行させたのでした。

世阿弥の怨

世阿弥が弟四郎と相談の上、元重を後継者とする約束で三郎を継がせたものの、最終的には実子の元雅に相続させたのは、俗にいう「我が子可愛さ」というだけの理由ではないように思われます。養嗣子・元重の得意としていたのは鬼の能であったようで、ビジュアル系の面白さに重きを置いた芸風に特徴があったようです。世阿弥の確立した幽玄第一の方向性とは異なりますので、自らの芸系を継ぐ者としては相応しくはないと考えていたのではないでしょうか。一方、実子・元雅は幽玄を受け継ぐ芸風でした。なお、元雅の他に世阿弥が評価し、自らの芸を継承する者として認めていたのは、やはり金春禅竹であったようです。その後の禅竹の作品や伝書をみても、確かに世阿弥を「継ぐ」人であったことがよくわかります。

さて、将軍義教の意向を受け容れなかったばかりに我が子を殺され（た可能性が高く）、観世大夫と諸々の職をも奪われた世阿弥は、義教に対し「何か一矢報いる手立てがないか知らん」と考えたことと思います。猿楽師にできること…それは新たな脚本で世人に訴えかけることに他ならなかったでしょう。「こんな横暴が許されるのか？」と作品で世間に訴えれば、「悪御所」と渾名《あだな》されていることも手伝い、義教に対するブーイングはきっと世間で盛り上がることとなろう。と、そこまで考えたかどうかはわかりませんが、世阿弥は『平家物語』の中から巻第十「藤戸」を元に後日談としての、能『藤戸』を作りました（ただし記録がありませんので、あくまで私の空想です）。

この曲『藤戸』を上演したのか、そこまで漕ぎ着けられなかったのかわかっていませんが、少なくともその台本を将軍義教は目にしたのではないでしょうか。その台本に描かれた源氏の武将佐々木盛綱は自分の都合で人の命を、人生を勝手に奪い取り、涼しい顔をして「前世の行いが悪かった報いでそんな目に遭ったんだから諦めろ」と言い、殺された漁師の母に「息子を返せ！」と詰め寄られ仕方なく跡を弔います。そこで『般若理趣経』の中の一節「一切有情殺害三界　不堕悪趣」を読み上げますが、『般若理趣経』は密教経典で、在家信徒の用いる経典ではありません。ですから、そもそも佐々木盛綱が読誦するはずもないのですが、世阿弥は佐々木盛綱に見立てた足利義教が元天台座主だからこそ、一般人の知ることのないこの経典を引き出し、「過去・現在・未来の一切の生きとし生けるものを殺しても、私は地獄には堕ちない」と言わせたのです。勿論この前後の脈絡があってこの文言は経典中に大事な意味をもっているのですが、この三句のみを謡の中に引用し、わざわざ世人の誤解を招くような使い方をすることによって、権力者の横暴さと傲慢さがより強調されています。「恥を知るがいい！」と義教を侮蔑するかのような、極めて挑戦的な脚本となっているように思われます。

『藤戸』の後の場面で、殺された漁師の幽霊は佐々木盛綱にひとしきり怨みを述べると、盛綱の弔いに悪霊となって祟ることもなくスンナリと成仏します。この点に違和感を感じる人もいるかもしれません。しかし能の作者である世阿弥は、無念の死を遂げた自分の息子の元雅には、どうあっても成仏させてあげたいと願い、やむなく決着させているのだろうと、私は思うのです。世阿弥自身は義教を許してはいないと思いますが、戯曲としては和解することで決着するしかなかったのでしょう。

この脚本を読んで（或いはこの能を観て）義教は怒り心頭、さぞかしブチ切れたことでしょう。その結果が、世阿弥の佐渡配流であったと私は妄想しております。世阿弥が佐渡に流されたのは永享六年（一四三四）の五月です。義教が力ずくで元重（音阿弥）への宗家継承の糺河原勧進猿楽を行ったのが永享五年四月ですからこの一年の間に『藤戸』は作られたのではないでしょうか……。

『藤戸』は、単に戦争の犠牲となった者の苦しみや悲しみを描いた能ではなく、身勝手な権力者に対する弱者のせめてもの抵抗、糾弾といったものを世阿弥が命を賭して世に訴えかけた、痛烈な社会批判の曲といえましょう。愛する者を失った悲しみ・苦しみ、心の内に渦巻く瞋恚《しんい》の炎を根底に燃やしつつも、無念の死を遂げた愛する者の心の平安を願う、その強い想いを余すところなく表現した作品です。

放下僧《ほうかぞう》

【能のうた】

立てぬ的引かぬ弓にて放つ矢の
当たらずしかも外れざりけり
（夢窓疎石《むそうそせき》）

夢窓疎石は建治元年（一二七五）生まれ、観応二年（一三五一）の没。鎌倉から南北朝、室町時代初期の禅僧。九歳で出家、智曤《ちかく》と名乗り、二十歳のとき夢窓疎石と名を改める。鎌倉歌壇の指導者的な立場にあった冷泉為相《れいぜいためすけ》の仲介で後醍醐天皇は夢窓疎石に帰依したといわれる。正中二年（一三二五）後醍醐天皇の勅により上洛し、南禅寺の住持となる。その後、鎌倉に瑞泉寺を開き、円覚寺の住持となるも、元弘三年（一三三三）後醍醐天皇の勅により再び入洛、臨川寺の復興を命ぜられる。翌年再び南禅寺の住持となり、更に翌年臨川寺を開山、後醍醐天皇から「国師」号を賜る。暦応二年（一三三九）、後醍醐天皇の菩提を弔う天龍寺を開山。鎌倉幕府十四代執権の北条高時や、室町幕府初代将軍となった足利尊氏、その弟の直義ら時の権力者や天皇・上皇などからの帰依も多く、その生前また没後に、後醍醐天皇をはじめ光明天皇、光厳上皇、後光厳天皇、後円融天皇、後花園天皇、後土御門天皇の七人の天皇・上皇から「国師」号を賜ったことから「七朝帝師《しちちょうていし》」と称される。著作に『詰録』『西山夜話』『谷響集』『夢中問答集』、歌集に『正覚国師御詠《しょうがくこくしごえい》』がある。

この歌は能『放下僧』の中では、「引かぬ弓放さぬ矢にて射る時は中《あた》らずしかも外さざりけり」（現代語訳：番《つが》えても引かない弓、手を放さない矢で射るとなれば、矢が的に中《あた》ることもないが、的から外れることもまたないのだ）と詠まれ、愛染明王も神通の弓を持ち、方便の矢を番えて仏道修行の障りとなる魔軍を成敗するのだから、我ら放下僧が弓矢を携えるのは当たり前だと主張する。

［現代語訳］

まず、的を立てない。で、矢を番えても弓を引くことなく射たと思いねぇ。矢が的に当たることもないが、的から外れるということも、またないな。

【能『放下僧』】

＊あらすじ＊

かつて、下野国《しもつけのくに》の牧野左衛門は口論の末、相模国《さがみのくに》の利根信俊に殺害されてしまった。牧野の子の小次郎は父の敵を討とうとするも、多勢に無勢でその機会も得られない。そこで出家していた兄を誘い、共に敵討ちをしようと持ちかける。幼少期より出家していた兄は出家の身での敵討ちを渋るが、弟の強い想いに絆《ほだ》され弟に協力することにする。敵に近づく手立てとして弟は、その頃巷で人気の大道芸人「放下《ほうか》」になりすまし、機をみて敵を討とうと提案する。放下・放下僧の姿となった二人は相模国に赴き、利根の信俊と遭遇する。禅問答好きの信俊を上手く問答に導き、その言葉じりに合わせて弟は弓を引いたり、太刀に手を掛けて強引に討とうとするが、信俊の用心は固く隙をみせない。その度ごとに「まだ待て!」とばかりに兄は弟を制する。曲舞《くせまい》、羯鼓《かっこ》の舞、小歌と芸尽くしのうちに油断をみせた利根信俊を、二人は「父の敵!」と本懐を遂げる。

季節:九月　　作者:不詳(宮増説が有力)

＊解説＊

放下そして放下僧

出家している兄のもとを訪れ、「共に父の敵を討とう!」と力説する弟。「巷ではいま放下の芸が人気なんだ。ボクは放下になるから兄さんは放下僧になりなよ。向こうが油断した隙に一気に攻めよう!」と、兄弟の意志は固まりますが、実は放下のイメージが現代の私たちにはどうも今ひとつピンときません。放下とは禅宗で用いられる言葉のようで、本来は「ほうげ」と読みます。簡単にいえば「捨てる」ことです。諸縁を放下して無我の境に入る…という意味なのですが、これがなぜか田楽から派生していった歌や踊り（舞）、曲芸などの中世の芸能者のことを指すようになりました。世阿弥は『自然居士《じねんこじ》』や『花月』のことを「放下の能」と記しております。

自然居士は実在の人物で、鎌倉時代後期の禅宗系の説教師、勧進聖《かんじんひじり》です。鎌倉時代の諸宗の僧を風刺批判した絵巻『天狗草紙』（永仁四年（一二九六）頃）の中に自然居士は「放下の禅師」と記されております。他にも蓑虫・電光・朝露という、歌い舞いながら説教する異形の禅師たちが描かれております。また、花月のような喝食《かっしき》といわれる、大寺院に所属して在俗のまま仏道修行する少年たちの中には、大きな法要行事の後に行われる直会の余興をプロデュースしたり、自らパフォーマンスを担当したりする者たちがあり、これらの宗教者の芸をも含めて広く「放下」といったようです。牧野左衛門の二人の子どものうち兄は禅寺での修行の傍ら歌舞音曲の素養を身につけていたのでしょうか、弟の小次郎も歌や踊りに秀でたものを持っていたのでしょうか、いくら巷で放下が流行っていたとしても、ニワカでなれるものでもなさそうですが……。

後シテ

小歌

中世に流行った小歌を集めたものに『閑吟集』があります。『閑吟集』の成立は永正十五年（一五一八）で、三百十一首収められたうち、四十八首ある大和節の小歌は大和猿楽の歌物で、いわゆる謡曲の小謡《こうたい》的なものです。他に近江節（近江猿楽）が二首、田楽節が十首、狂言小歌が二首あり、放下歌が三首収められています。その放下歌三首のうちの一首が能『放下僧』の中に取り入れられた歌です。謡曲とは少し文言の異なるところもありますが、ほぼそのまま活かされております。

おもしろの花の都や　筆で書くとも及ばじ　東には祇園清水　落ちくる滝の音羽の嵐に
地主の桜は散り散り　西は法輪嵯峨の御寺　廻らば廻れ水車《みずぐるま》の輪の　臨川堰の川波　川
柳は水に揉まるる　脹雀《ふくらすずめ》は竹に揉まるる　都の牛は車に揉まるる　野辺の薄は風に揉ま
るる　茶臼は引木に揉まるる　げにまこと忘れたりとよ　小切子は放下に揉まるる　小切
子の二つの竹の　世々を重ねて　うちおさめたる御代かな

（新編日本古典文学全集　小学館）

『放下僧』の能では、禅問答をし、曲舞を舞い、羯鼓の舞を舞い、放下の小歌を歌って舞います。その放下の風《ふう》を演ずることが眼目で、敵討ちそのものには余り重きを置いていないように思われます。牧野左衛門と利根信俊がどのような人物なのか、どのような状況で、何が原因で口論となり、殺害に及んでしまったのか……。その事件の後、利根信俊にはお咎めがなかったのか、訴訟は起こされなかったのか、どこでどうしていたのか…、詳細は一切語られません。つまり、事件の経緯などはどうでもよく、まして敵を討つ血生臭いシーンなどは要らないので、ワキ（利根信俊）はシテが舞っている小歌の最後のところで、笠を残して切戸から退出してしまうのです。これは同じく敵討ちの能『望月』でも同じ演出で、討たれる直前にワキ（望月秋長）は笠を置いて切戸から退出してしまいます。『望月』も、瞽女に扮したツレが一萬・箱王（曽我兄弟）の謡を聞かせ、幼い子どもに八つ撥（羯鼓）の舞を舞わせ、シテが獅子舞をみせる…という芸尽くしをみせるのが身上で、敵を討つリアルなシーンには重きを置いていないのです。仇討ち、敵討ちは戯曲を作るキッカケ程度のことでしかないのです。

教外別伝・不立文字

ワキの利根信俊に「さて放下僧は何れの祖師禅法を御伝へ候ぞ。面々の宗體が承りたく候」と言われ、シテの放下僧こと小次郎の兄は「われらが宗體と申すは。教外別伝にして。云ふもいはれず説くも説かれず。言句に出だせば教に堕ち。文字を立つれば宗體に反く。たゞ一葉の飜る。風の行くへを。御覧ぜよ」と応えます。『放下僧』は、禅にまつわる問答の部分が面白くもあり、難しくてわかりづらくもある曲です。この問答にある「教外別伝」とはどんな意味なのでしょうか。

禅宗では達磨大師が言われたとされる「不立文字《ふりゅうもんじ》・教外別伝《きょうげべつでん》・直指人心《じきしにんしん》・見性成仏《けんしょうじょうぶつ》」という四つの句を「四聖句」といってとても大事にしています。以下に少し簡単に説明をしてみたいと思います。

＊不立文字…禅においての悟りは、座禅という経験（修行）を通して体感、感得するものであり、文字として悟りを表現することは出来ない。以心伝心…心をもって心に伝える、それが真理であり悟りである。

＊教外別伝…お釈迦さまの教え、それを「教内の法」という。これは仏教経典を中心とした知の集大成であり、経典をよりどころとして解脱の道を模索してゆくのが常の仏教の在り方。この学問修行だけでは悟りに至ることは出来ない。以心伝心によって師から弟子へと悟りや真理を伝え、座禅という自己の経験修行を通して真理や悟りを得ることを教外別伝という。

＊直指人心…座禅という修行を通して執着・固執を離れ、鏡の如く客観的に己と己の心に

向き合うこと。

＊見性成仏…座禅という修行を通して、自身の内に備わる本来の仏の部分、すなわち悟りは自らの内に存在するのだと気づくこと。

簡単に説明するとこのようなことでしょうか。なかなか難しいことを、いとも簡単にズバッとセリフにして、「禅とは何か」をこの能は伝えているのです。作者はかなりの禅宗通です。そこでちょっと気になるのが弓矢を引く段で引用される夢窓疎石（国師）の歌、そして夢窓疎石の教えです。

怨親平等

この『放下僧』では、父の敵を目の前に、牧野小次郎が弓に矢を番《つが》えワキの利根信俊に向けて弓を引きます。さりげなくそれを制する兄ですが、このとき地謡に謡われる文言は、夢窓疎石の歌「立てぬ的引かぬ弓にて放つ矢の 当らずしかも外れざりけり」を少し変化させた「引かぬ弓放さぬ矢にて射る時は 中らずしかも外さざりけり」です。小次郎の兄がもし夢窓疎石の教えを知る者であるのであれば、弟と「共に敵討ちをしよう」と思い立つのは少し変なのです。夢窓疎石はその著書である『夢中問答集』の中で足利直義に対し「怨敵とて厭ふべき者もなし、乃ちこれ真実の調伏《ちょうぶく》なり。憎悪の隔てもなし、乃ちこれ真実の敬愛なり」と述べ、怨敵だからといって厭うような者がないことが真実の調伏なのだと教示しています。この教えを知る者ならば、むしろ父の敵を討ちたいと熱く語る弟に対し、この夢窓疎石の句を引きつつ諭し、敵も味方も平等に悟りの成果を成就させるという「怨親平等」の心で、敵討ちを思い止まらせるのが禅家としての務めのように思われるのですが……。

✣　✣　✣

謡の本文中に夢窓疎石の歌を引用していることや、「…水車の輪の臨川堰の川波」と、夢窓疎石が復興・開山した臨川寺の名が読み込まれた小歌を配していることから考えますと、この曲の根底には、夢窓疎石の禅がそこはかとなく意識されるような仕掛けが施されているように感じられます。でも、討っちゃうんだよねぇ……。そこの矛盾については、一般の人々の「人情」としてよしとしたのかもしれません、能の作者は。そのあたり、どうにも引っかかるところではありますが、それこそ達磨大師の教えのひとつ「直指人心」の心で、その引っかかる固執を離れてこの作品と向き合ってゆけばよいのかもしれません。

第6章 「鬼」（五番目物）

人間界ではなく、異界より現れる鬼や天狗、菩薩や貴人の亡霊を扱うジャンル。

熊坂
善界
融
雷電

熊《くま》 坂《さか》

【能のうた】

夏野ゆく雄鹿の角のつかのまも
　忘れず思へ妹が心を
（『新古今和歌集』恋歌五 人麻呂 一三七四）

本書第5章『安宅』の項で紹介した柿本人麻呂の歌と同じく、この歌も原歌は『万葉集』にあり、巻四の相聞《そうもん》（『古今和歌集』以降の「恋歌」に相当するジャンル）五〇二の

夏野ゆく牡鹿の角の束の間も
　妹が心を忘れて思へや

の下の句の並びを入れ替えて収録されている。『万葉集』でも作者は柿本人麻呂とされている。柿本人麻呂は生没年未詳で、その系譜等も未詳。持統天皇・文武天皇・草壁皇子・高市皇子

らに仕えたといわれる万葉の歌人、歌聖と称される。三十六歌仙の一人。

この「夏野ゆく」の歌はいずれも「いつでもキミのことを想ってるよ♡」という恋の歌であるが、能『熊坂』では、後シテの登場を待つワキの待謡の中に引用されており、この歌が持つ本来の恋歌としての意味内容とは関係なく、束の間も微睡《まどろ》むこともなく、夜通し熊坂の長範を弔う様子に用いられている。

［現代語訳］

夏の野をゆく牡鹿…その牡鹿のまだ伸びきらない、ひと束《つか》ほどの短い角じゃないけど、ほんの束の間、一瞬たりともキミのことを忘れたりはしないさ。いつでもキミのことだけを想ってるよ♡

【能『熊坂』】

＊あらすじ＊

都から東国へ向かう旅の僧（ワキ）が、美濃国《みののくに》赤坂（現在の岐阜県大垣市赤坂町）にさしかかった所で一人の僧（前シテ）に呼び止められ「今日はさる者の命日ゆえ弔ってやってほしい」と請われる。庵に案内された旅の僧は勤行を始めようとするが、堂内にあるべき仏像が一切なく、薙刀だの鉄棒だの、武具兵具がズラリと置かれている。「これは一体何事か？」と問う旅の僧に、「実は私はまだ僧侶になりたてなのだが、この辺りには山賊が横行し、里の者たちを苦しめるので、これらの武器を所持し、里の者たちを守っているのです。仏法を守護するために武器を持つ仏たちのように……」と話し、夜も更けましたからどうぞお休みなさいませと言い、寝所にゆくかと思ううち、僧の姿も庵も消えて、気がつけば旅の僧は松の木陰の草叢に夜を明かしていたのであった。(中入)

里人(間狂言)から熊坂長範の話を聞いた旅の僧が夜もすがら跡を弔っていると熊坂長範の霊(後シテ)が現れる。商人の金売り吉次《きちじ》一行をこの赤坂の宿で襲ったものの、一行に紛れていた牛若に見事全員斬られた、その最期を仕方噺に語り、牛若との闘いの様を再現してみせ、回向を頼み、夜明けとともに姿を消してゆく。

季節:九月(旧暦)　　作者:不詳

解説

能『熊坂』本説

この作品の本説は『義経記』巻第二「鏡の宿《しゅく》にて吉次が宿《やど》に強盗入る事」です。承安《じょうあん》二年(一一七二)二月二日、牛若は鞍馬を後にして、奥州平泉の藤原秀衡を頼み、金売り吉次の一行に紛れて旅に出ます。最初に宿を取ったのが鏡の宿《しゅく》でした。

後シテ

この鏡の宿の長者は、吉次の古くからの知人であったので、大勢の遊女たちがお座敷に上がり、賑やかな宴となります。そんな中、宿の長者は吉次が連れている大変に美しい少年に目を止め、「ねぇ吉さん、貴方今までこんなイケメンをお連れしてたことはなかったわね。お身内の方？ それとも赤の他人？」と吉次に問いただします。「いや、別に…特に身内というわけでもないし、赤の他人…というんでもないんだけどね～」と、いい加減な受け応えをしますが、長者は少年の正体を見破ります。「此殿の起振舞《たちふるまい》容《かたち》身様《みざま》、頭殿《こうのとの》の二男朝長《ともなが》殿に少しも違ひ給はぬものかな……」。鏡の宿の長者は、源義朝・朝長父子との面識があったのです。平治の乱で負傷し、美濃国青墓で亡くなった朝長。青墓への道すがら、この鏡の宿の長者にも世話になっていたことでしょう。平治元年（一一五九）、十六歳で亡くなった朝長。あれから十三年…今、長者の目の前にはあのときの朝長と瓜ふたつの少年がいる。「いや、そんなんじゃないよ。ただの知り合いさ」と吉次ははぐらかしますが、長者は少年を丁重にもてなします。

さて、承安元年は飢饉で、世の中は苦しい状況でした。出羽国《でわのくに》の山賊の棟梁である由利太郎《ゆりのたろう》と、越後国《えちごのくに》の藤澤入道《ふじさわのにゅうどう》という二人の盗賊が結束して、多勢の盗賊たちを連れ、里々の宿々で下種徳人（悪徳商人の類）達から金品を巻き上げる、追い剝ぎの旅を北国から都へと続けておりました。金売り吉次一行が鏡の宿に着いたその晩、隣りの宿《やど》に泊まっていたのがこの山賊のご一行様だったのです。

熊坂長範

金売り吉次の一行を襲った結果、牛若一人にみなが斬られてしまったのは、『義経記』によれば由利太郎と藤澤入道の二人を大将とする盗賊の一味です。また『異本義経記』という書物もあり、それには「熊坂張樊《ちょうはん》と云盗人、加賀国熊坂の者とぞ、美濃国赤坂の宿にて夜討して牛若丸に討たれしといへり、伝日、張樊事、十三の歳伯父の馬を盗み、市に出て売りしより、鍛練したるとにや、二十一の歳法師になり、張良の張の字と樊噲《はんかい》の樊の字を取りて張樊《ちょうはん》と名のる、国々の溢者を集め、其の将たるの由云伝へり、由利太郎・藤澤入道・柳下小六・浅生松若・三国九郎・壬生小猿など云者、其頃の盗人といへり」とあり、熊坂張樊なる人物が描かれているのです。『義経記』に取材しつつ、同時に『異本義経記』によりその人物設定されたのが熊坂長範という人物のようです。

子どもの頃から盗みをしていた熊坂が、二十一の歳に出家した理由は何だったのでしょうか。仏教の戒めの中には「不偸盗《ふちゅうとう》」、つまり「盗むな！」という教えがあります。もちろん、幼稚園ですら「お友達の物を盗ってはいけません」と、道徳を説きますので、何を今さら…な感じですが。盗みの罪はたいそう重いとわかっていながら、何ゆえ熊坂は出家をしてまで盗賊を続けたのでしょうか。多勢の手下どもを引き連れて仕事をするにはリーダーとしての資質が求められます。頭脳の明晰さ、言葉の巧みさ、人々の信頼を得る人格……。もともと熊坂は頭のよい人であったのでしょう。出家することで知恵と話術に磨きをかけたのでしょうか。また、僧侶は諸国を自由に往来できる社会的立場ゆえに、街道街道、宿場宿場で仕事（盗み）をするのに恰好の身分であったのかもしれません。

それはさておき、熊坂長範にまつわる伝説の中に「盗みは、その入るべき家をよく知れ。暴富姦豪の家に入れば必ず利があるが、憂苦辛勤してのち富んだ家に入っても利にはならない」と、彼が手下の者たちに常々語り、諭していたというエピソードがあります。悪事によって築いた莫大な富を盗み取ることは一向に構わないのだが、額に汗して苦労して苦労して働いて稼いだ金を盗んではいけない…というのです。これは、『義経記』が「下種徳人あらば追落して……」と記すのと同様の考え方と捉えてよいかと思います。盗っ人ではありますが、盗んでよい相手と、盗んではいけない相手があり、その一線を確りと画しているのです。それが、能『熊坂』の中でも「下女や端下の者までも、うち剝ぎ取られ泣き叫ぶ。さやうの時はこの僧も。例の薙刀提げつゝ。こゝをば愚僧に任せよと。呼ばゝりかくればげには又……」という文言に反映されております。義賊にも通ずる、盗みの美学といったものなのでしょうか。

舞台設定

『義経記』の記述を本説に作品を作れば、金売り吉次一行が宿を取り、熊坂長範の一党が夜討をかけるのは「鏡の宿《しゅく》」のはずですが、能『熊坂』では「赤坂の宿」としております。垂井・青墓・赤坂の里と、鏡の宿とはかなり離れております。なぜあえて赤坂の宿に設定したのでしょうか。もっとも『異本義経記』では美濃国赤坂と記されてはおりますが。

すでにみましたように、青墓は源義朝の次男、中宮太夫進朝長の終焉の地です。「垂井・青墓・赤坂」と宿場の名称を上げたときに、少しも朝長の話をしていないのに、「あっ、そこ、朝長終焉の地だよね〜」と、観客のイマジネーションを掻き立て、牛若と朝長の姿がダブって見えてくるような気にさせる…それが能の作者の思惑であったのかもしれません。また、この『熊坂』は、熊坂長範の幽霊ただ一人が現れ、昔語りをする夢幻能の仕立ですから、観客には牛若の姿も、朝長の姿も直接的には何も見せてはいないのに、この能を観る観客一人ひとりの脳裏には、熊坂の一党のみならず牛若の凛々しい姿と、平治の乱で無念の死を遂げた朝長の姿までが鮮やかに思い浮かんでくるシカケとなっているのでしょう。

✤　✤　✤

現在物の能『橋弁慶』や、『烏帽子折』で弁慶や熊坂長範が、牛若に呆気なくやられてしまう表現（演出）を観ると、牛若の武術の凄さというよりも、圧倒的に強そうに見える弁慶や熊坂長範が小さな牛若に翻弄され、いとも簡単に負けてしまう滑稽さのほうが前面に打ち出されているようにも感じられます。しかし、牛若を登場させない夢幻能の『熊坂』では、設定されている旧暦九月という季節と相まって、むしろ哀愁の趣きが強調された表現となっているようです。おどろおどろしさと同時に、しんみりとした晩秋の情景を感じてほしい、そんな作品となっております。

善《ぜ》界《がい》

【能のうた】

世の中は夢かうつつかうつつとも
　夢とも知らずありてなければ　（『古今和歌集』雑歌下　読み人しらず　九四二）

「世の中に」「世の中の」「世の中は」「世の中を」と、「世の中」について詠まれた歌が『古今和歌集』の中には十五首あり、概ね「憂きもの」「つらきもの」「苦しきもの」「定めないもの」「想定しないもの」「無常なもの」を感傷的に詠む中で、この歌はどうも仏教哲学的な内容を持つ一首である。

「ありてなければ」は「有りて無ければ」。これは『般若心経』の中に説かれている「色不異空　空不異色　色即是空　空即是色　受想行識　亦復如是」を表している。すなわち、現象(色《しき》)があっても、それを感じる心（受想行識）が無ければ、無いのと同じ(空《くう》)だという。ものが有っても、気がつかなければそれは無いのと同じで、また無いと思っていたものが、気がついてみれば有ったりする、要は「心の在りよう」といったところだろうか。
この歌は『善界』ではクセの謡の中に引用される。この世が夢であろうと現実であろうと、不動明王の火生三昧《かしょうざんまい》の焔に焼かれようと、仏法に帰服することはない！と、自らの意思を確認するかのように前シテがキッパリと謡う。

[現代語訳]

世の中とは夢かうつつか……。現実なんだか夢なんだかわかんないよ。だって「有る」けど「無い」っていうじゃない。何だか意味わかんないよねぇ。ってことは、でもさぁ。つまりはどっちもアリってこと!?

【能『善界』】

＊あらすじ＊

大唐（中国）の天狗の首領である善界坊（前シテ）は、名だたる貴僧・高僧をその慢心・驕慢によってことごとく魔道に誘い入れた。この度は日本の仏法を妨げようと、遥々日本に渡り、愛宕山の太郎坊（ツレ）のもとを訪ねる。太郎坊との協議の結果、日本の天台山である比叡山延暦寺をそのターゲットに選ぶ。天台の密教、すなわち台密の力…、不動明王の火生三昧の焔に焼かれるのは必定かと、および腰ながらも意を決して比叡の山へと向かう。（中入）

帝からの命を受け、参内のために山を下りる飯室僧正《いむろのそうじょう》（ワキ）と二人の従僧（ワキツレ）。そこへ俄かに風が吹き荒れ、雨も降り、雷鳴も轟く。どうしたことかと思う僧正の前に善界坊（後シテ）がその姿を現す。邪法を唱えて、僧正を魔道に引き摺り込もうとするも、僧正が不動明王を祈ると、不動明王をはじめ矜迦羅童子《こんがらどうじ》・制多迦童子《せいたかどうじ》・十二天が現れ、善界坊の前に立ちはだかる。さらに山王権現・男山八幡・松尾明神・北野天満天神・賀茂明神も現れ、その山風・神風に揉まれて遂に力尽きた善界坊は、これ程に仏力・神力に護られている所には、もう二度と来るまいと言って逃げ帰ってゆく。

季節：不定　　作者：竹田法印定盛

＊解説＊

天狗と山伏

日本における文献上最初に登場する「天狗」の文字は、『日本書紀』の舒明天皇九年（六三七）二月二十三日の条で、

大きなる星、東より西に流る。便ち音有りて雷に似たり。時の人の曰はく「流星の音なり」といふ。亦は曰はく「土雷《つちのいかづち》なり」といふ。是に僧旻僧《そうみんほうし》が曰はく「流星に非ず。是天《これあまつ》

後シテ（小書：白頭）

狗《きつね》なり。其の吠ゆる声雷に似たらくのみ」といふ

と記されております。人々が「ありゃ流星の音だんべ」と言っているのを、僧旻さんが中国の『史記』や『漢書』の記述を根拠に「イヤイヤ、ありゃ流星の音ではねぇ。天狗《あまつきつね》が吠える声が雷の音に似てるんだわな」と説明しております。天狗の読みは「てんこう」で、和語にすると「あまつきつね」。その姿はなく、音・声ばかりのものでした。天狗を「てんぐ」と読む最初の文献は、天禄～長徳年間（九七〇～九九九）頃に成立した『うつほ物語』です。ここには、

かくはるかなる山に、誰か物の言調《ことしら》べて遊びゐたらむ、天ぐのわざにこそあらめ

とあり、「遥か遠くの山から怪しげな音…琴を弾いているような音がするのは、天狗の仕業でしょうね」と、ここでも天狗についての記述は音です。また『源氏物語』「夢浮橋」の巻では、天狗と木霊《こたま》（木の霊魂、又は森の精霊・山びこ）を同一のものと捉えておりますので、この時代までの天狗は遥か遠くの異界（天・山）から聞こえてくる音・声としての「物《もの》の気《け》」でした。また、木霊は山の神的なものとして認識されてもいましたから、天狗もまた同様に山の神として考えられていたのでしょう。不思議な物音や声は、後世には、どこからともなく石が飛んで

くるが、ぶつかることはない「天狗礫《てんぐつぶて》」。大きな木を伐り倒す音が響き渡るも、一本たりとも倒れていない「天狗倒し」。誰もいない林の中から大勢が大笑いする声が聞こえてくる「天狗笑い」などの怪奇現象として語り継がれることになります。

山が異界であったというのは、山が王権の支配の及ばない土地であったからです。山には、古来より山に住む人々と、その神々が住んでおりました。『日本書紀』の神武紀によりますと、王権に服《まつろ》わぬ人々は「土蜘蛛」と呼ばれ、討伐の対象となっております。また『古事記』では、その「土蜘蛛」の祭祀する神を「荒ぶる神」とします。天孫降臨して、最終的に大和に王権を築いた人々の神は「天つ神」。一方古来より在地の人々と共にあった神が「国つ神」。この「国つ神」のうち、王権に服わない「土蜘蛛」族の神を「荒ぶる神」といいます。神武天皇が大和へと東征した折、大和川からの侵攻を諦め、大阪から和歌山を迂回し、熊野から山越えのルートで吉野を経由して、宇陀から大和に入ります。このとき神武天皇に協力した吉野の山人は後に「国巣（国栖《くず》）」と呼ばれ、吉野の山の神は「国つ神」と呼ばれました。

さて、山伏の祖は役行者《えんのぎょうじゃ》（役君小角《えんのきみおづぬ》）といわれておりますが、その役行者は葛城山の神、一言主《ひとことぬし》に奉仕する山の修行者でした。彼は山の神（一言主）を祭祀し、その霊威を自らの肉体に憑かせる憑霊者（シャーマン）であり、また、仏教・道教・陰陽道などの呪術的要素を取り入れた山の修験者でありました。その験力は、鬼神を使役し、従わなければ呪縛する。また飛ぶ鳥を落し、走る獣をとどめる。病気を治し、自ら飛ぶこと鳳の如し…、といったものでした。山という異界に住み、人間の能力を遥かに超えた力を持つ山の修験者と、山の神とも考えられていた天狗のイメージが重なり、単に音や声だけであった「物の気」としての天狗は、いつしか山伏姿という具体的な形を持った「物の怪」となってゆきました。

仏敵・法敵

もともとは山の神としてイメージされていた天狗に、仏法を妨げる仏敵・法敵としての性格づけがなされたのは、おそらく『今昔物語集』に描かれた天狗譚によるものと思われます。そこに登場する天狗たちは、里の人々を騙し、或いは験くらべをしようと高僧の前に現れます。しかし、そのいずれもが正体を暴かれ、散々に懲らしめられ、殺されてしまう天狗も少なくありません。また一方で、念仏の聖をまんまと騙す天狗の話も載せられています。『今昔物語集』は、比叡山延暦寺ゆかりの人々による作であると考えられております。天台の教学では法文(経典)を学ぶことを重視しますので、法文を学問して智慧のある高僧は天狗を調伏できるが、法文を学ばず、ただ念仏ばかりを唱えているような聖人は天狗に騙されるのだと記し、天狗に対する天台の仏教の優位を説きます。しかしながら、『今昔物語集』と同じく平安時代後期に成立した『大鏡』によりますと、三条天皇に憑いた「物の怪」は、宮中の内道場に奉仕していた延暦寺の僧であった恒算《かいそん》天狗でした。三条天皇は譲位して上皇となり、延暦寺の根本中堂に籠って病気の平癒祈願をします。しかし、恒算天狗をはじめ、比叡の山の天狗たちまでもが憑いた三条天皇（上皇）の病気には、天台宗総本山の力を以ってしてもまったくその効果がなかったと記しております。天狗に対して、どこまでも天台仏教の優位を説く『今昔物語集』の記述の背景には、同じく山に籠って修行する身でありながらも、山岳修験の行者たちの持つ験力に対して、それを脅威と感じていた天台僧侶たちの複雑な心理が垣間見えるようです。そんなことから、山岳修験の行者、山伏の姿のイメージを強く持つ天狗は、我慢・増上慢・一向驕慢の、仏法に信無き者、仏法を妨げる者としての性格づけがなされたものと考えられます。

能の中の天狗

能の演目の中で天狗が登場するのは、ただいま取り上げております『善界』、同じく高僧に対し験力比べに挑む『車僧』、牛若丸に兵法を授ける『鞍馬天狗』、命を助けられた御礼にと、僧の眼前に霊鷲山《りょうじゅせん》でのお釈迦さまの説法の様子を再現してみせる『大会《だいえ》』。その他、現行曲にはありませんが、近年復曲の試みがなされた曲として、讃岐に流され憤りの余りに天狗になったという崇徳院を扱った『松山天狗』や、天狗道に堕ちた六条御息所を描く『樒《しきみ》天狗』などがあります。番外曲はさておき、現行曲に限ってみますと、『善界』『車僧』『大会』は『今昔物語集』にある、仏法の妨げや人々を惑わすことで高僧ないし明王から折伏《しゃくぶく》され、恐れをなして逃げ帰る作りとなっております。『鞍馬天狗』は、現在敗者となって鞍馬山で修行する牛若丸に、同じ異界に棲む大天狗が味方し、兵法を授け、平家を滅ぼすまでの協力を約束するという内容で、これは少し視点が違うようです。

さて本項の『善界』ですが……。あらすじの段と内容が重なりますが、大唐の天狗の首領の善界坊（是害・是界）は、日本の仏法を妨げようと愛宕山の太郎坊を訪ねます。太郎坊の案内で飯室の僧正の前に現れた善界坊は、その験力で僧正に挑みますが、矜迦羅童子・制多迦童子・十二天、また京都を取り巻く山々の神々、そして不動明王の力の前にその験力も尽き、以後仏法の妨げとして現れぬ約束をして這々《ほうほう》の態《てい》に逃げ帰る、というのがこの曲の筋書きです。資材としては『今昔物語集』巻二十にあります震旦天狗智羅永寿《ちらえいじゅ》の話と、鎌倉時代の末に描かれた『是害房絵巻』が挙げられます。他にも『天狗草紙』や『古今著聞集』などの天狗譚からのインスピレーションもあるかとは思いますが、内容的にはもっぱら先の二つのお話からこの作品を創作したと考えてよいかと思います。この能の中で作者が取り上げたかったのは「魔仏一如」の考え方、その具体的な形としての不動明王ではないかと思われます。密教の中で、宇宙の中心に据えられる大日如来。その大日如来と同体とされているのが不動明王です。ちょっと怖い忿怒《ふんぬ》の相《そう》、右手に持つ剣と左手に持つ羂索《けんさく》（ロープのような縄）、そして光背の火焔が特徴的です。これは一筋縄ではゆかない愚かな凡夫《ぼんぷ》たちの煩悩を断ち切り、焼き尽くし、縄で縛り上げてでも彼岸へ渡そうとする慈悲の心を表しています。「仏法を護り、救い難き無知の凡夫を救うためには怖いキャラにもなりまっせ」というのが「魔仏一如」です。『是害房絵巻』で是害房は、余慶律師・飯室僧正・慈恵大師という三人の高僧に挑もうとするもまったく手が出せず、飯室僧正の側に控えていた制多迦童子や、慈恵大師の側に付いていた小童部《ちいさきわらわべ》達に、それこそ踏んだり蹴たりとボコボコにされてしまいます。その是害房に愛宕山の大天狗日羅坊がこう語ります。

魔仏一如ト談セリ。魔界即チ仏界ナリ。就中《なかんずく》仏法守護ハ皆是折伏忿怒ノ貌《かたち》ナリ。依之《これにより》今ノ慈恵大師ハ十一面ノ化身ニシテ、慈悲眼ニ満テレドモ、円宗ノ仏法ヲ護ラムガタメニ、大天狗ニ成ラムト誓ヒ給ヘリ。サレバ遂ニハ我等ガ種類ナルベシ

魔界(天狗)の如(実相)と、仏界の如とは相反する二つのものではなく、唯一絶対の真如であり、一つの実相なのだ、というのが「魔仏一如」です。ただ、注意しなければならないのは、慈恵大師は十一面観世音菩薩の化身で、慈悲の眼で衆生を見守りながらも、仏法を護るためであれば大天狗にもなろうといっていることです。ですから、仏法に帰依せず、仏法を妨げ

るような者としての天狗（魔）、すなわち是害房（善界坊）や日羅坊、太郎坊などは、そもそもこの「魔仏一如」の枠組みには入りません。これは『沙石集』にみえる「悪天狗」にあたり、本文には、

一向驕慢偏執ノミ有テ、仏法ニ信ナキ者ナリ。ヨリテ諸善行ヲ妨ゲ、出離其ノ期ヲ不知

と記されております。善界坊は、中国の育王山《いおうざん》、青龍寺《しょうりゅうじ》、般若臺《はんにゃたい》において慢心の輩をみな魔道に誘引したといいます。「慢心の輩」は、つまり「一向驕慢偏執」ということですから、日羅坊が慈恵大師を「サレバ遂ニハ我等ガ種類ナルベシ」としているのは大変な誤りであるといえます。能の作者はそこを心得ているからなのでしょう、善界坊と太郎坊はクリ・サシ・クセの謡の中で、一切の魔軍を焚焼《ぼんしょう》する不動明王の火生三昧の焔を逃れることは出来ないと嘆きます。「魔仏一如」「凡聖不二」「善悪不二」……。同じような言い回しですが、そもそも菩提心無くして、仏法に信無くしては「魔」にも「凡」にも「悪」にも入らない、つまりそこに救いはないということを理解しなければならないようです。

後の場面、舞台に車の作り物に乗って登場するワキの飯室僧正。その両脇にワキツレの従僧が立ち並びます。『今昔物語集』の震旦天狗智羅永寿の話を踏まえて空想の翼を広げてみますと、われわれの眼に見える、ワキの飯室僧正は高僧の姿でありながら、天狗の眼には不動明王の姿、そして両脇のワキツレは矜迦羅・制多迦童子の姿に見えていたり、また同時に、大天狗の出で立ちに現れた善界坊の忿怒の相の中に、われわれは、善界坊の眼に映っている不動明王の姿を見て取ることも出来たりする……。いやはやスケールの大きな能です。

融《とおる》

【能のうた】

陸奥はいづくはあれど塩竈の
浦漕ぐ舟の綱手かなしも　（『古今和歌集』大歌所御歌　東歌　陸奥歌　一〇八八）

宮廷の祭事において楽器の演奏に合わせ歌われる歌を大歌《おおうた》といい、その大歌を演奏し歌う楽人の所属する役所を大歌所《おおうたどころ》という。『古今和歌集』には大歌所で歌われた歌が三十二首収められ、その中に陸奥を詠んだ東歌《あずまうた》が七首あり、その一つがこの一〇八八番歌である。

この歌は『融』の前シテの登場部分、田子を肩にして謡うサシの冒頭に上の句を引用し「陸奥はいづくはあれど塩竈の。うらみて渡る老いが身の。よるべもいさや定めなき……」と、陸奥の塩竈の風情を讃えつつ、老いて寄る辺定めない我が身を歎く件《くだり》に詠み込まれている。

［現代語訳］

陸奥ってところはどこも風情があってステキな所なんですが、中でも塩竈の浦を往き交う舟が繋留《けいりゅう》されている景色なんかはホントに情緒があってねぇ……。

【能『融』】

＊あらすじ＊

仲秋、都の六条河原院《かわらのいん》跡を東国から来た旅の僧(ワキ)が訪れる。そこへ田子を肩に掛けた老人(前シテ)が現れる。この辺りの人か? と尋ねる僧に老人はこの辺りの汐汲みだと応える。ここは都の内で海辺でもないのに「汐汲み」はおかしかろうと訝《いぶか》る僧に老人は、ここ六条河原院の庭は、陸奥の千賀の塩竈を模した所なのだからこの辺りに住む浦人であり汐汲みなのだと言う。老人がこの塩竈の内に作られた籬が島を案内するうちに月が空に浮かぶ。庭の風情を愛でたのち、僧に求められ老人は塩竈の浦を都の内に移した経緯を語る。嵯峨天皇の時代、融大臣《とおるのおとど》という方が陸奥の千賀の塩竈の眺望を知り、これを都の内に再現。毎日大阪湾から海水を運ばせて、この場所で塩焼きをさせてその風情を楽しんだのだが、融大臣が亡くなった後はこれを相続する者もなく、今ではこんなに荒れ果ててしまったと嘆き、昔を思い泣き伏す。僧は話題を変え、辺りの名所について尋ねる。老人は音羽山から嵐山まで、都を取り囲む一帯の名所を教えると、田子を担ぎ、塩竈の汀で汐を汲む様を見せてそのまま姿を消す。(中

入)
月明かりの中、僧が塩竈で融大臣に想いを馳せていると、融大臣（後シテ）が高貴なその姿を現す。古の河原院の塩竈での遊楽遊舞を懐かしみつつ華やかに舞を舞い、月の都へと帰ってゆく。

季節：八月（旧暦）　　作者：世阿弥

解説

源　融《みなもとのとおる》という人

源融という名前を告げられて、謡のお稽古をされている方ならきっと「あぁ、あの人ね」とおわかりいただけますが、そうでない方ですと「はて、いったいどんなお方?」となる方が多いのではないでしょうか。『百人一首』をご存知でしたら、「陸奥のしのぶもぢずりたれゆゑに乱れそめにしわれならなくに」を詠んだ、河原左大臣のことです…と申し上げましたら「あぁ、その方のことね」とご理解いただけるかと思います。

源融は弘仁十三年（八二二）生まれで、寛平七年（八九五）の没。嵯峨天皇の十二番目の皇子でした。臣籍降下して源姓を賜り、源融と名乗ります。清和天皇の御代の貞観六年（八六四）に中納言、陸奥出羽按察使《あぜち》となり、貞観十二年に大納言、貞観十四年に左大臣となります。そ

後シテ（小書：舞返之伝）

の頃、政界の中心的な人物は、天安元年（八五七）に人臣で最初の太政大臣となり、人臣初の摂政となった藤原良房でした。良房《よしふさ》の養嗣子の基経《もとつね》は、源融よりも十四歳年下でしたが、融が左大臣となった貞観十四年、三十六歳で右大臣に昇進しております。

貞観十八年、清和天皇が譲位し、清和天皇と基経の妹の高子との間に生まれた貞明《さだあきら》親王が九歳で陽成天皇として即位します。このとき、基経は摂政となります。これを快く思わなかった融は、上表（辞表）を出して自宅に引き籠もったといわれております。一方、基経は順調に出世して元慶四年（八八八）には太政大臣となり、藤原氏全盛の世となります。

融が引き籠りの生活をしていたのは、基経が陽成天皇の摂政となった貞観十八年から、基経によって陽成天皇が皇位を廃されることとなる元慶八年までです。この年に政務に復帰し、陽成天皇の廃位と時康親王（光孝天皇）の推戴の是非を諮る席上では、自らにも皇位につく資格があるはずだと融は主張しますが、臣籍に降下して姓を賜った者が帝位に就いた例はないと、基経に退けられたエピソードが平安時代後期に成立した歴史物語『大鏡』の中に収められております。

融の住まいはもとより立派な庭園を持っていたのでしょうが、この引き籠りの時代にさらに、塩竈を模した庭園・河原院での風雅な遊びを極めたのではないでしょうか。また、真偽のほどはわかりませんが、帝位に就きたいという想いが融にあったとする説が、謡曲本文中では「恋しや恋しやと。慕えども歎けども。かひもなぎさの浦千鳥音をのみなくばかりなり」と言って泣き伏してしまう前シテの涙として取り込まれていたのかもしれません。

然れどもその後は…

融の大臣がこよなく愛した六条河原院、千賀の塩竈。謡曲の本文には「然れどもその後は相続して翫ぶ人もなければ。浦はそのまま干潮となって。池辺に澱む溜水は。雨の残りの古き江に。落ち葉ちり浮く松蔭の。月だにすまで秋風の。音のみ残るばかりなり」と記されて、融大臣が身罷った後、そのまま庭園が荒れ果ててしまったかのように受けとられかねませんが、融の没後、河原院は息子の昇《のぼる》に相続され、その後は昇から宇多上皇に献上されます。もっとも、融存命中のように、大阪湾から海水を運ばせて塩焼をさせるなどということはしなかったかもしれませんが、手入れのゆき届いた庭園ではあったことでしょう。何しろ宇多上皇が滞在される場所であったのですから。「君まさで煙絶えにし塩竈の　うら寂しくも見えわたるかな」と紀貫之が詠んだのも、塩焼く煙が途絶えた河原院はやはり寂しいなぁ…という感慨で、謡の本文中にあるような荒れ果てた様を見ての感想ではないのではないかと思われます。

ただ、この宇多上皇に献上された河原院には、融の亡霊が現れたという伝説が『今昔物語集』『江談抄《ごうだんしょう》』に残されており、この伝説を踏まえて能を作ったからか、元々の融の能は、今のような風雅な作品ではなく、鬼の能として作られていたといわれます。観阿弥が作った、鬼の能を世阿弥が改作したとも、また世阿弥がまったく新しく書き下ろしたのが今の『融』だともいわれ、詳細はわかっておりません。

陸奥出羽按察使《あぜち》

融は貞観六年（八六四）に陸奥出羽按察使となっております。この役職は、陸奥国と出羽国、つまり東北地方の行政を監督するものですが、弘仁八年（八一七）、藤原冬嗣《ふゆつぐ》が任命されて以降、三位、二位の中納言や大納言などの高位の公卿が兼任するようになり、そのほとんどが遙《よう》任《にん》で、実際には現地に赴任してはおりません。融もおそらく現地に赴任してはいないと思われますが、『古今和歌集』『百人一首』に収められた「陸奥のしのぶもぢずりたれゆゑに乱れそめにしわれならなくに」の、融の歌によるものか、福島県の文知摺《もちずり》観音には陸奥出羽按察使となってこの地に赴任した融と、この地の虎女《とらじょ》という女性との悲恋物語が残され、文知摺観音の境内には融と虎女のお墓まで建てられております。「この陸奥の染物、もぢずりの摺り衣の模様のように乱れてしまったボクの心。ボクのせいじゃない、だって、キミがあんまりにもステキなんだもの……」虎女さんへの恋の歌。地元ではそう伝わっているようです。

高貴な身分と莫大な富、優雅でスケールの大きな遊び…私のような一般庶民には、リアルな実感をもってそれらを共感することはやはり難しい気がします。ですが、汐汲みの老人の声に耳を傾け、人生に対するさまざまな執着や懐古の想いに心を寄せつつ、月の都へと帰ってゆく融の大臣の面影に、己《おの》が心に浮かぶ懐かしい人々の俤《おもかげ》を重ねてみることで、遊楽遊舞のひとときがうんと身近に感じられる…そんな仕掛けが施された作品となっているようです。

❖

❖

❖

雷《らい》電《でん》

【能のうた】

阿耨多羅三藐三菩提《あのくたらさんみゃくさんぼだい》の仏たち
わが立つ杣《そま》に冥加あらせたまへ　（『新古今和歌集』釈教歌　伝教大師　一九二〇）

『和漢朗詠集』『俊頼髄脳』『袋草紙』などにも収録されたこの歌は、『新古今和歌集』では「比叡山中堂建立の時」と詞書きされている。伝教大師、すなわち最澄は、神護景雲元年（七六七）生まれの弘仁十三年（八二二）の没。

比叡山延暦寺は、伝教大師最澄が開いた日本の天台宗最初の寺院。一乗止観院《いちじょうしかんいん》と名付けられた根本中堂は延暦七年（七八八）に完成し、本尊の薬師如来はその翌年に完成したという。その御本尊を迎えた修法の折に最澄がこの歌を声高らかに唱えたともいわれる。

最澄は、入唐して中国の天台山で学びたいと切望するも、既に一乗止観院を建立し、延暦十六年（七九七）には桓武天皇の内供奉十禅師《ないぐぶじゅうぜんじ》にも選ばれ、社会的立場があったため留学生《るがくしょう》としての渡唐は許されず、短期留学にあたる還学生《げんがくしょう》が漸く認められた。延暦二十三年、入唐して天台山で天台教学を学び、翌二十四年に帰国。滞在中に書写した経典類は二百三十部、四百六十巻にもなる。帰国後に天台宗を開宗。

この歌は梵語を詠み込んだ最初の和歌とされる。もっとも、五・七・五・七・七の規格からだいぶ外れた詠み様ではあるが。阿耨多羅三藐三菩提とは、この上ない至上の覚りの智慧を意味する。その覚りの智慧の仏たちに、「わが立つ杣」すなわちこの比叡の山の加護を祈っているのである。後に日本仏教の根本的な考え方となる「草木国土悉皆成仏」の感性が、最澄の詠んだこの歌の中に既に芽生えているようである。

能『雷電』では、前シテである菅丞相《かんしょうじょう》の霊が延暦寺の十三世座主法性坊尊意《ほっしょうぼうそんい》僧正のもとを訪れる件《くだり》に引用される。

［現代語訳］

この上ない至上の覚りの智慧の仏たちよ、どうか、どうか、いま私が立つこの比叡のお山を、天台の仏法を学ぶ道場であるこのお山をお守りくださいますよう。

【能『雷電』】

＊あらすじ＊

比叡山延暦寺の座主《ざす》、法性坊尊意僧正（ワキ）が天下国家の安穏を祈る百座の護摩供養を終え、仁王般若経を講説する仁王会《にんのうえ》の準備をしている晩、堂の外門の扉を敲《たた》く音がする。夜更け、いったい誰が…と思い、隙間から覗いてみると、筑紫で薨去した菅丞相《かんしょうじょう》（菅原道真公＝丞相は大臣の唐名、前シテ）であった。僧正は丞相を招き入れ、二人は再会を懐しみ、丞相は師の恩に謝する。藤原時平の讒言により太宰府に左遷させられた丞相は、我が身の潔白が天に受け入れられ、死しての後、梵天王ならびに帝釈天の力添えで雷神となることが出来たこと、又、これより内裏に飛び入り、自分を嵌《は》めた連中をことごとく蹴殺すつもりであると明かす。しかし、そんな騒動を起こせばきっと僧正が呼ばれ、悪霊退散のための加持祈禱するよう宣旨が下されることになるであろうが、決して参内してくれるなと、丞相は師匠の僧正に依頼する。僧正は、一、二度までは断れるが、勅使が三度来たときには断ることは出来ぬと言うと、丞相の姿はたちまちに鬼のようになって本尊に供えてあった柘榴《ざくろ》を口にして噛み砕き、妻戸に吐きかけるや一気に炎となって燃え上がる。僧正が灑水《しゃすい》の印を結び真言を唱えるとたちまちに炎は消えるが、丞相は煙に紛れて姿を消す。（中入）

菅丞相の予告どおり内裏には異変がおこり、度々の宣旨に僧正は参内し、紫宸殿で数珠を押し揉み観世音菩薩普門品《かんぜおんぼさつふもんぼん》を唱える。すると、暗雲垂れ込め闇夜のようであった内裏が俄かに晴れ渡り、事なきを得たかと安堵するや、再び真っ黒な雲に覆われ、稲妻の閃光が走り、雷鳴と共に雷神(後シテ)が現れる。僧正に喝を入れられるも、雷神は眷属の龍神達を引き連れ内裏を鳴り回る。しかしながら、僧正の居る場所には畏れをなしてか鳴らぬ雷。遂には祈り伏せられるも、僧正からは真言秘密の御法を授けられ、帝からは天満大自在天神と正一位・太政大臣の官位が贈られたことで、雷神になった道真公の恨みは晴れ、虚空に上がってゆく。

季節:八月(旧暦) 作者:不詳(宮増説有り)

解説

父もなく母もなく

菅原道真は承和十二年(八四五)、菅原是善《これよし》(当時三十四歳)の三番目の子として誕生します。祖父の清公《きよともきみ》も、父の是善も文章博士《もんじょうはかせ》をはじめ諸官を歴任し、三位にまで叙せられ、政治的な実務もさることながら学者・文人としての業績・事績こそが本領といえる学問の家系でした。是善には三子がありましたが、道真以外の二人については、その名前も事績も伝わっていません。元慶四年(八八〇)、是善は六十九歳で死去、その翌元慶五年道真が詩の中で「我れに父母なく、兄弟なし」と記していることから、父の是善が亡くなる迄には母も既に亡くなり、兄弟たちは早世していたと考えられます。

この「我れに父母なく、兄弟なし」がどうやら後に一人歩きしたものか、『北野天神縁起絵

305　雷　電

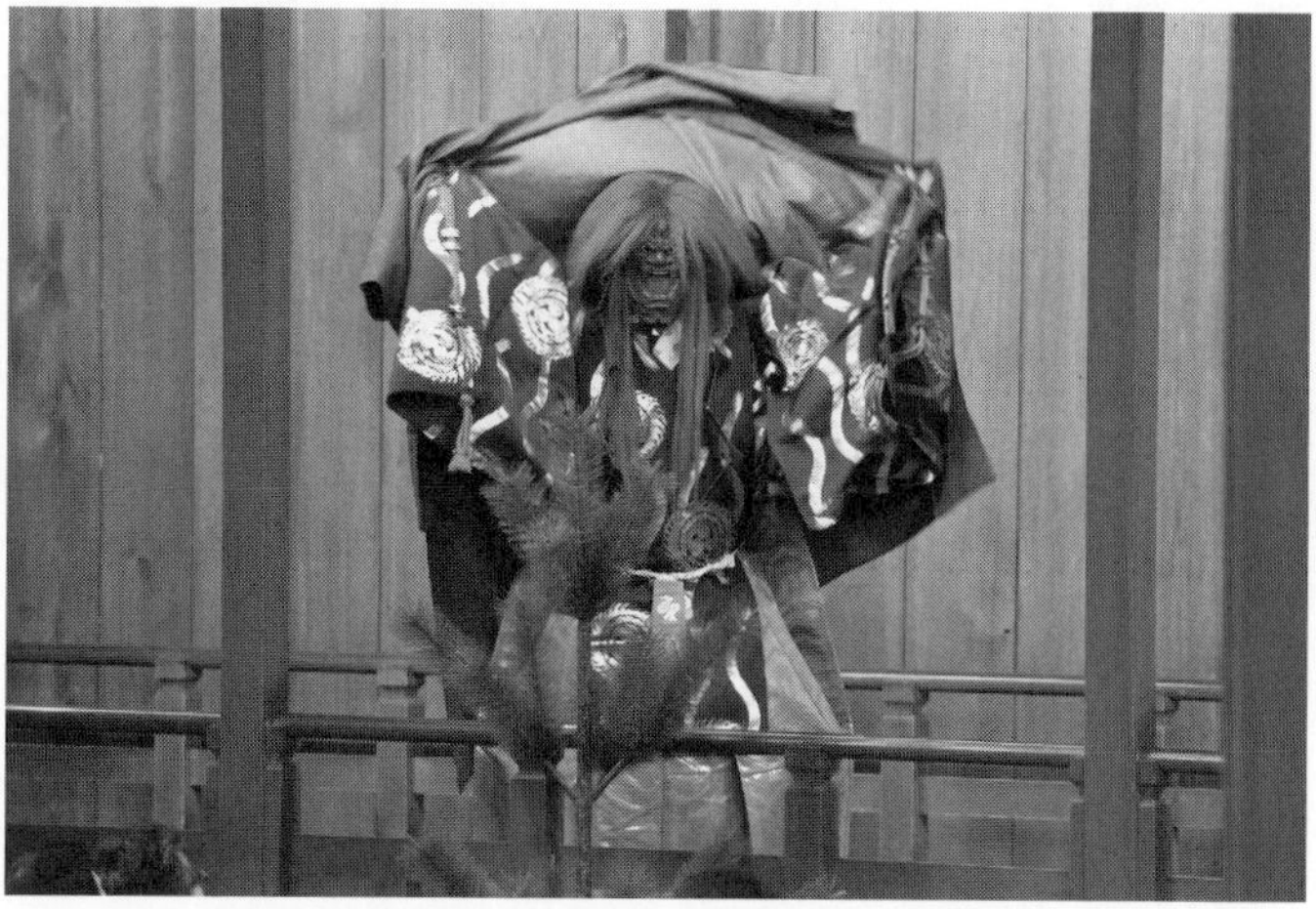

後シテの登場

巻』や『太平記』に道真は孤児として登場することになります。ある日菅原是善が、邸の南庭に五、六歳くらいの、綺麗で可愛らしい子どもが遊んでいるのを見かけ、「どこの子かね？」と尋ねると「ボクにはお父さんもお母さんもありません。あなたの子にしてください」と言うので、喜んで養育した…ということが『北野天神縁起絵巻』や『太平記』に記されております。天満天神として祀られるようになった後、神仏が仮に人の姿として現れた権者《ごんじゃ》としての奇瑞を示すエピソードとして、まるで「桃太郎」や「かぐや姫」のような不可思議な登場の仕方となったものでしょうか。

忝しや師の恩

能『雷電』では、ワキの法性坊尊意僧正を道真の学問の師として、幼少期の道真が法性坊の元で勉学に励んだという設定にしております。これはおそらく『太平記』の中で「貴方《きほう》と愚僧と、師資《しし》の義浅からずと云へども……」とあるのを、法性坊を師とし、道真を弟子と解釈したからだと思われます。『雷電』よりも古い時代に作られ、現在では廃曲となっている番外曲である『菅丞相』の中では、道真が法性坊の元で勉学に勤しんだという『雷電』のような描写はなく、「さては師壇《しだん》の御ちぎりも、かはらせ給ふか情なし……」と、法性坊と道真の関係が「師僧」と「檀那」或いは「寺」と「檀家」というニュアンスで書かれており、こちらの方が

『太平記』に記された「師資」を的確に表しているのではないかと思われます。

法性坊尊意僧正は、貞観八年（八六六）生まれの天慶三年（九四〇）の没。平安時代中期の十三世天台座主です。延長三年（九二五）の大旱魃に際しては、醍醐天皇の詔をうけ祈雨の法を修して雨を降らせ、その翌年の延長四年に天台座主に任ぜられます。晩年の天慶年間に入ってなお大威徳法また、毘沙門天法を修して、乱を起こした平将門の調伏にも霊験があったとされる方です。この生まれ年をみるとわかりますが、法性坊は道真より二十一歳年下です。法性坊が生まれた年の貞観八年、このころ道真はその文才を買われ多くの願文《がんもん》や上表の代作をしております。中でも注目に値するのは『顕揚大戒論《けんようだいかいろん》』の序文です。この『顕揚大戒論』は三世天台座主である慈覚大師円仁が、最澄の『顕戒論《けんかいろん》』を更に押し進め、草稿までは書き上げたものの病没によって完成をみず、その後を継いだ四世天台座主の安慧《あんえ》が文章に加除を施し（刪正《さくせい》）て完成に導いた、八巻十三篇に及ぶ大作の著書です。その序文を安慧から依頼されたのが道真です。そこには最澄と円仁の事績と、天台の教学とが簡明な文章で要領よく叙述され、道真の仏典に対する教養の深さがよく表されており、『北野天神縁起絵巻』では、この序文を天台第一の宝とすると特筆しております。

法性坊が生まれた年にこのような業績を挙げている道真が、法性坊に師事したという見方は、やはり無理があるようです。若い頃から面識を持ち、互いに尊敬しあえる間柄であった…その関係性を「師資の義」「師壇の御ちぎり」と称したものを、能『雷電』の作者が法性坊を道真幼少期の師匠としてドラマにしてしまったとみるのがよさそうです。

われこの世にての望みは叶はず

さて、幼少期に法性坊の元で学問に励んだと作る能『雷電』では、前場クセの謡の中で師恩に対して感謝する言葉が綴られ、その後に続く菅丞相のセリフには「われこの世にての望みは叶はず。死してののち梵天帝釈の御憐れみを蒙り。鳴る雷となり内裏に飛び入り。われに憂かりし雲客を蹴殺すべし……」とあります。観世流改定本刊行会（能楽書林の前身）の古い謡本では「われこの世にての望みは叶ひて候。死してののち……」と、まるっきり反対の書きようとなっております。「望みは叶はず」というのには、藤原時平の讒言を鵜呑みにした醍醐天皇により太宰府に左遷させられた道真の、「その後の人生＝出世の望みが断たれた」という憤りのニュアンスが表されております。讒言も左遷もその後の出世の望みの断たれたこと…すべてが恨みなのですが、「望みは叶ひて候」の言葉には、讒言そして左遷の恨みはそのまま持ちながら、自らの無実の罪が晴れた喜びを表していると考えられます。道真の無実が証明されるのは、『北野天神縁起絵巻』の天拝山（天判山）の段で、『太平記』にも「さても、無実の讒によって配所に遷されぬること、恨み骨髄に入つて、忍び難く思し召しければ、七日が間御身を清め、一巻の告文《こうぶん》をあそばして、高山に登り、竿の先に付けて差し上げ、七日御足をつまだてて立たせ給ひたるに、梵天、帝釈、その無実をやあはれみ給ひけん、黒雲一村天より下がりて、この告文を把《と》つて、遙かの天にぞ飛び上がりける」とあります。この無実を訴えた告文、すなわち天判祭文《てんぱんさいもん》が天に受け入れられたことが、生前の道真にとって唯一叶った望みでした。これを踏まえたセリフが「われこの世にての望みは叶ひて候」となったものと考えられます。そして延喜三年（九〇三）二月二十五日死去。遺言によりかの太宰府の地に葬られ、その場所が後の安楽寺といわれております。

菅帥《かんそち》の霊魂宿忿のなす所

菅原道真の死去の後、さまざまな事件が起こります。延喜八年（九〇八）、時平に加担して道真を左遷に追い込んだ藤原菅根が死去、享年五十三。翌延喜九年藤原時平も死去、享年三十九。延喜八年、九年、十年と旱魃・疫病が流行。延喜二十三年三月二十一日、皇太子保明《やすあき》親王が二十一歳で薨去。「世をあげて云ふ。菅帥の霊魂宿忿のなす所なり」と『日本紀略』は記します。流石に醍醐天皇も道真の怨霊を恐れて、この年の四月二十日に詔して、道真を本官の右大臣に復し、正二位を贈り、昌泰四年（九〇一）正月二十五日の道真左遷の詔書を破棄させ、改元して延長元年とします。しかし、以後も事件は起こり続け、保明親王の薨去後、皇太子に立てた慶頼王（母親が時平の娘）が延長三年（九二五）五歳で薨じ、延長八年六月、雨請いの協議をしていた清涼殿に落雷があり、大納言藤原清貫《きよつら》が即死し、右中弁平《たいらのまれよ》希世は顔を火傷し、醍醐天皇もこれまでの心労から病気となり、九月に譲位、程なく崩御します。時平の長男保忠は承平六年（九三六）、三男の敦忠も天慶六年（九四三）に死去します。

『太平記』によれば、天慶九年、大内裏の北野に道真を天満大自在天神として祀る神社が建ちます。

道真の死後九十年を経た一条天皇の正暦四年（九九三）五月二十日、道真に正一位・左大臣が贈られますが、それでも天満天神の神霊は安んじないとされ、同じ年の閏十月二十日、重ねて太政大臣が贈られます。勅使が安楽寺に下り詔書を読み上げると、天に声がして一編の詩を詠じます。

昨《きのう》は北闕の悲しみを被《こうむ》る士と為り
今《きょう》は西都に恥を雪ぐ尸《かばね》と作《な》る
生きての恨み死しての歓び其れ我奈《いか》ん
今須《すべから》く望み足んぬる皇《こうき》を護るべし

（『太平記』第十二巻 菅丞相の事）

［現代語訳］

昨日は内裏において深い悲しみを被り
今日はこの西の都太宰府で、死後に名誉を挽回することが叶った
生前の恨み、そして死後の歓び…さて私はどうしたものか
当然の処遇です。まぁ良しとして、これからは朝廷を守護いたしましょう

謡の本文に「嬉しや生きての恨み、死しての歓び」とあるのは、この詩の引用です。道真公はその深い悲しみと怒りを和らげ、荒御魂の神は観世音菩薩を本地として、慈悲深く、冤罪に苦しむ弱者に寄り添い、正直者を憐れむ神となりました。そして天神は学問・芸道・和歌・書道の神として今もなお、篤い尊崇を集めております。

✣ ✣ ✣

太宰府に左遷された菅原道真公は、「不出門《もんをいでず》」という七言律詩を残しております。無実でありながらも、受けた罪（醍醐天皇の退位を画策したとする）を恐れ、外出することもなく、宿所であった浄妙院に謹慎して三年ほどで病死したとも伝えられております。「そんな不条理が許されてたまるか！」と、道真公に肩入れする気持ちから「天拝山」のエピソードは生まれたのかもしれません。道真公を、そして天神さまを身近に感じることのできる、なかなか奥の深い一曲です。

第7章「番外」

上演され続けている「現行曲」に対し、過去に上演が途絶え、現在は上演されていない曲。いわゆる「廃曲」といわれる作品群。資料として二百曲ほど遺されている。

鈴木三郎重家

鈴木三郎重家《すずきさぶろうしげいえ》

＊現在物として四番目物（雑能物）のジャンルに分類される。

【能のうた】

瀧は多かれど うれしやとぞ思ふ 鳴る瀧の水
日は照るとも絶えでとうたへ やれことつとう

（『梁塵秘抄』四句神歌　四〇四）

『翁』の項でも取り上げたこの今様《いまよう》は『翁』（式三番）の千歳《せんざい》の謡に採られている他に、能『安宅』でも弁慶が関守富樫の前で舞う折に歌われる。ただ、いくつかの詞があるようで、『平家物語』巻第一「額打論」では「うれしや水、なるは瀧の水、日は照るともたえずとうたへ」とある。また『義経記』巻八「衣川合戦の事」では「うれしや瀧の水、鳴るは瀧の水、日は照るとも、絶えずとうたり」とあり、衣川の合戦で弁慶がこの歌を歌い、鈴木三郎重家、亀井六郎重清の兄弟に囃させて舞を舞う。同じシーンを幸若舞曲『高館』では「嬉しや、とうとうと鳴るは瀧の水、日は照る共いつも絶えせじ……」とし、同様に鈴木三郎重家、亀井六郎重清が鼓で囃す。遊宴の際に囃す歌物として広く流布していたようである。番外となっている古曲《こきょく》

『語鈴木《かたりすずき》』の本文では、源頼朝から赦され、縄を解かれた鈴木三郎重家は「遥々旅の憂き思ひを　忘るる今の酒宴かな」と謡い、頼朝の前で男舞を舞う作りとなっている。めでたき折節にひとさし舞うとき、口にする今様はやはり「鳴るは瀧の水……」が相応しいのに、主君義経を案ずる「憂き思い」を「忘れました！」と歌って颯爽と舞うのは、頼朝を油断させるための騙《かた》りに他ならない。

［現代語訳］

瀧はたくさんあるけれど。有り難いよね、嬉しいね。この鳴り響く瀧の水。照りつける夏の日差しにも。絶えることなく滔々《とうとう》と。流れてゆくよ、ヤレコトット〜ヘイ！

【能『鈴木三郎重家』】

＊あらすじ＊

源義経の家臣であった鈴木三郎重家と亀井六郎重清の兄弟。頼朝による義経追討が激しくなる中、吉野山から逃れ再び都に結集した義経主従は、奥州の藤原秀衡を頼り平泉を目指して北陸道の旅に出る。弟の亀井六郎重清は主君義経と行動を共にしていたが、故郷の紀州では母が病に臥せっていたため、兄の鈴木三郎重家（前シテ）は一行と離れ、紀州藤白に戻り母（ツレ）と対面する。

病状が快方に向かっていることを受け、重家は、近く頼朝が奥州の義経を攻めるとの情報を得たので、この一大事を共にするために奥州に旅立つ旨を母に告げる。引き留める母に、重家は老いた母を残して戦さに赴いた人々の先例を挙げ、殊に奥州から義経と共に戦い、西国の屋島で討ち死にした佐藤継信《つぎのぶ》の例えを語る。我が子の熱い想いに絆《ほだ》され、母も重家の奥州への旅立ちを了承し、涙ながらに我が子を見送る。（中入）

梶原方の者（間狂言）から鈴木三郎重家を捕縛した旨の報告を受けた頼朝の従者（ワキツレ）が頼朝（ワキ）にその報告を上げると、直ちに連行せよとの命が下り、重家（後シテ）は頼朝の前に引き出される。頼朝の義経に対する疑念に重家は、主君義経の正当性を滔々と語る。余りの潔さに頼朝は重家を殊のほか気に入り、自らの家臣となるよう求める。頼朝の意を受け入れた重家は縄を解かれ、烏帽子・直垂《ひたたれ》に装いを改め酒宴となり、頼朝の所望により舞を舞う（男舞）。

一件落着して機嫌よく御寝所に引きあげる頼朝……。あとに一人残った重家は、烏帽子・直垂を脱ぎ捨て、奥州を目指して旅立ってゆくのであった。

季節：不知　　作者：不詳

＊解説＊

曲名

和歌山県海南市にある藤白神社を拠点に、全国に熊野信仰を広めたのが鈴木氏の一族で、この藤白鈴木家が全国の鈴木氏の総本家にあたります。ただ、昭和十七年（一九四二）に没した第百二十二代に跡取りがなかったことで、残念ながら総本家は断絶しました。藤白に遺された、江戸時代の建築様式を残す鈴木屋敷はその後、長の年月風雨に晒され、荒廃が進んでゆきました。この屋敷の復元再生を目指す「鈴木屋敷復元の会」が、復元に向けて一所懸命に活動しているということを知った私は、「能楽に身を置く鈴木」としてこのプロジェクトを応援する目的から、現在では廃曲となっている『語《かたり》鈴木』を復曲上演し、一人でも多くの方に鈴木三郎重家という人物のこと、そして鈴木屋敷のことを知っていただこうと思い立ったのでした。

主に江戸時代の版本をもとに、詞章・節付・演出に学術的な検証・検討を踏まえ、新たな演出を施し、リニューアルして上演する作業を「復曲」といいます。

この度復曲しました『鈴木三郎重家』、過去の上演記録には『鈴木』『鱸《すずき》』『語鈴木』『重家』『縄《なわ》鈴木』など複数の曲名があります。復曲に当たり本文の底本としました『版本番外謡曲集』（伊藤正義編、臨川書店）の曲名は『語鈴木』。この曲名のとおり、シテ（主役）はよく語ります。前場では、病床の母を振り捨ててでも奥州高館の主君義経の元に参じたい熱い想いを母本人に対して語ります。また後の場面では頼朝に対し、

後シテ、頼朝の前に引き出される

頼朝の所望により舞を舞う

①生け捕られたからには首を刎《は》ねられるのも武士の面目と心得ていること
②宗盛を鎌倉へ連行した折、義経は腰越から追い返されたが、みなで鎌倉に雪崩れ込んで、梶原景時《かげとき》を追及しようとしたのを制止した。頼朝に迷惑をかけぬよう親兄の礼を尽くして一同を引き連れ都に戻った義経に、頼朝が疑うような野心のあろう筈のないこと
③土佐《とさ》正尊《しょうぞん》（正俊）という取るに足らぬ者を義経暗殺の刺客として送り込んだのは頼朝の不覚だと、京童《きょうわらんべ》たちの間でも笑い種《ぐさ》となっていること
④梶原が提唱した「逆櫓《さかろ》」の意見には、付けたい者は付ければよい。義経の舟には逃げるためのアイテムは要らないと却下したまでで、それを逆恨みして梶原は義経のことを「猪武者」だと言いふらしている。頼朝には歪曲した報告を入れているとも知らず、そんな梶原を重用しているようでは、頼朝ももはや運の末であること

を滔々と、そして熱く語ります。臆することなく道理を述べる重家に頼朝はむしろ感服し、自らの家臣となるならば縄を解き許すと伝えると、重家は頼朝の申し入れを了承します。この了承こそがこの曲名『語鈴木』に籠められたもう一つの「かたり」の意味、すなわち「騙り」です。義経への忠誠・忠義を捨て、頼朝に仕える…、とみせかけ、隙をみて奥州に逃れようと思

いついた重家は、頼朝を騙《だま》しにかかります。「語り」と「騙り」、この能の特色を上手く反映させた曲名が『語鈴木』だったのです。ただ、内容はあくまで重家個人の事績を扱ったものですから、ファミリーネームの鈴木を採るよりもパーソナルネームの重家を採ったほうがよいように思われ、私は個人的には『重家』が一番よい曲名だと思っております。しかし『敦盛』『経正』『忠度』『頼政』『景清』などのように、広く知られた名前ならばそのままタイトルでもよいのですが、そもそも余り世間に知られていない人物なので（本書第5章『安宅』参照）、今回の復曲ではフルネームの『鈴木三郎重家』と致しました。この曲は、本復曲の監修をしていただきました小林健二氏の指摘されるように、室町時代末期には成立するも、江戸時代初期に上演が途絶え、現在まで凡そ三百年余りにわたって番外曲（廃曲）となっている作品でございます。

義経の家臣に鈴木兄弟

源義経の祖父にあたる六条判官源為義《ためよし》と縁の深かった、鈴木三郎重家・亀井六郎重清の祖父鈴木重邦《しげくに》。その子、すなわち重家・重清の父である重倫《しげつね》《のり》は、源義朝《よしとも》の家臣として平治の乱を戦い、討ち死にをしております。重倫の弟の重善《しげよし》は鞍馬寺で牛若と対面した折に、自らの父や兄の話を物語り、保元・平治の乱により源氏一門のほとんどが滅び、平家一統の世となっていることを憂い、「牛若さまがたとえ出家となっても御亡父義朝さまの御讐《おんあだ》を決して御忘れになりませぬように」と涙ながらに訴えます。それ以来、牛若は重善を親のように慕い、熊野の別当に嫁いでいる叔母の元を訪れる折には重善の方に立ち寄り、重家や重清と山野に遊んだといわれております。

鈴木の家系は元々は熊野の出身で、神職を務める家柄でした。宇井氏・榎本氏と共に熊野の豪族であったそうです。熊野信仰を広めるための拠点として平安時代の後期頃、現在の和歌山県海南市の藤白に移り住み、熊野詣の「一の鳥居」といわれている藤白神社（藤白王子）から多くの人材を全国的に派遣して熊野信仰を広め、これにより全国に鈴木姓が広まったといわれております。また藤白の鈴木氏は、都から熊野に行幸《ぎょうこう》される上皇や法皇の案内係をも担当しておりました。当時、熊野までの道筋には大勢の人々が宿泊滞在できる大規模な王子社（神社）がいくつもあり、藤白王子もその一つでした。しかし、鈴木一族すべてが神職であったのではなく、神職に身を置かぬ者は田畑を耕し、漁もし、熊野水軍にも身を置き、職業として身分としての武士ではなく、野武士的な立場の武士でもあったようで、であればこそ重家・重清の父の重倫は源義朝の家臣となって平治の乱で戦い、討ち死にをしたのでした。

義朝の家臣となった重倫、そしてその弟の重善が、元服前の義経、すなわち牛若と接点を持ったことで、重家・重清の兄弟は後に義経の家臣となります。

鞍馬寺を抜け出して、行商人の金売り吉次《きちじ》一行に紛れて奥州の藤原秀衡を頼み京都を脱出した牛若は、その旅の途中に元服し源義経と名を変えます。以仁王《もちひとおう》による平家追討の令旨を受け奥州から出兵する際に、藤原秀衡から付けられた家臣が佐藤継信《つぎのぶ》・忠信《ただのぶ》の兄弟でした。源義経の家臣となった者は、武蔵坊弁慶をはじめとして生粋の武士は少なく、ほとんどが野武士的な、歴史的・社会的には取るに足りない者たちでした。佐藤兄弟は立派な武家の家柄でしたが、鈴木兄弟はそもそものルーツとしては格式のある家柄でありながらも、武家としては野武士的な家であったこと、また義経の平家追討の戦さには後半の一ノ谷の合戦辺りからの途中参戦であったこともあり、その他大勢の取るに足りない者たちの括《くく》りとなってしまったのではないでしょうか。それ故にか『平家物語』や『源平盛衰記』に鈴木兄弟の戦場でのエピソードは残されてはいません。ただ、鈴木一族が熊野水軍との繋がりが深かったことで、義経一行は熊野水軍を味方に付けることが出来たのです。だからこそ屋島の合戦前夜、大阪の渡辺福島から嵐の中を出船することも出来ましたし、船戦が苦手な源氏軍が、瀬戸内海の水軍を擁する平家軍に壇ノ浦の合戦で勝利することも出来たのです。物語に直接その名こそみえないものの、鈴木兄弟によってつながった義経との縁は、確かに描かれているのです。

重家の帰郷

平家追討の後、重家も重清も主君義経と共に都におりました。頼朝からの義経追討の命《めい》が全国に発せられ、義経主従は都を離れ西国に向かいます。このときのエピソードが『船弁慶』『吉野静』『忠信』として能に作られております。能『船弁慶』は、兵庫県の尼崎、大物の浦から四国に渡ろうとして嵐に遭った折のことを能に仕立てたものです。嵐に見舞われたことで結果四国には渡れず、大阪から奈良を抜けて吉野の山に逃げ込むことになります。能『船弁慶』では大物の浦で静御前は都へと帰されますが、『義経記』の記述によれば、この吉野の山で静は都へ帰るよう義経から告げられ、二人は涙ながらに別れます。吉野の山の衆徒（僧兵）たちが蜂起して義経狩りに出たため、主君義経を逃すのに、佐藤忠信はただ一人山に残り防ぎ矢をします。この時間稼ぎの防ぎ矢の戦さをしたことで、義経たちはみな無事に逃げ果《おお》せることが出来ました。このエピソードを能にしたのが『忠信』です。また能『吉野静』では、このとき義経と別れたはずの静御前も忠信と示し合わせて舞を舞い、衆徒たちの目を惹きつけ、義経を逃がすのに貢献したという作りになっておりますが、『義経記』によれば、静は荷物運びの人足達に金品を強奪され、一人吉野の山を丸一日彷徨い歩き、ようやく辿り着いた蔵王堂で、何か奉納せよと言われ歌ったところ、静御前だということがバレて捕まってしまいます。『吉野静』は創作のさらに創作といったところでしょう。

この、吉野山を抜け出すとき、義経主従は人目につかぬよう少人数で行動し、都においてまた密かに結集したといいますが、このタイミングで重家は病床の母の様子を見に藤白へ戻ったのではないか…と、かねてより私は想像しておりました。吉野川はその流れのまま途中から紀ノ川と名前を変え、紀の海へと注ぎます。今の大阪と和歌山の県境ですから、吉野川〜紀ノ川と川沿いに南下して行けば藤白に戻るのは容易であったのではないかと考えたのです。

この空想・妄想が何と！　的を射ているのかもしれないと、嬉しくなるような報告が小林健二氏からありました。小林氏によると、幸若舞曲『高館《たかだち》』の諸本の中で現存最古の写本である大方家本の中には、衣川の合戦の直前に重家・重清・弁慶が大手の櫓の上で酒盛りをするシーンが描かれます。そこで重家は、吉野山で義経を無事に逃がすための防ぎ矢を、かの佐藤忠信と二人で行い、その後、紀の路をさして落ちたと語っている、とのことなのです。このときの防ぎ矢が『義経記』が記すように忠信一人によるものではなく、重家と二人であった可能性があるとは思いもよらぬ驚きです。しかしながら重家がその後、藤白に赴いたと考えれば、然もありなんと妙に納得できる説ではあります。史実か否かはさて置き、重家が藤白に帰郷したのはやはり、そのタイミングとみるのが自然なように思われてなりません。

✤　✤　✤

この曲『鈴木三郎重家』に描かれているように、重家がその正論で頼朝を納得・感心させ、縄を解かれたうえ、『義経記』にあるように所領まで賜ることが実際にあったかどうかは勿論わかりません。ただ、頼朝を欺いてまで主君義経に忠義を尽くした家臣の鑑…、そのような伝説から、能や幸若舞曲に戯曲化されていることを考えますと、この物語が何ら根拠のないまったくの作り話とも思われません。

なお、この曲が江戸時代の初期には番外曲となってしまった背景には、「主君に忠義を尽くすのは武士の鑑なれども、源氏の棟梁、幕府の将軍を欺いた者を讃美するのは如何なものか」と、徳川将軍家に対して忖度した結果、自ずと上演が遠のき、結果番外曲となった可能性もあるかもしれません。或いは常の能の表現方法と比べて余りに芝居の要素が強すぎて、「やりづらい」能であったことも大きな理由かもしれません。しかし、この曲の構成、そして登場人物たちは現代の私たちからみても、実に魅力的です。「鈴木」を名乗る者の一人としましては、この能を通して「おらの御先祖さまには、こんなカッコいいオジさんがおんねんでぇ」と、世間さまに自慢したいところです。(＾＾)

おわりに

　五十代の後半を迎え、若い頃に比べると身心共に随分と充実（老化!?）してきたように感ずるのですが、しかし未だ自在に能を演ずる境地には至りません。それは根本的に私が未熟である、ということに由来するのですが……。難しいことばかりで、追えども追えども先が見えない。だからかもしれません、能が面白いと感ずるのは。

　能の作者が何を思い、何を伝えようとして各々《それぞれ》の作品を作ったのか。そこにある歴史や文芸、宗教的背景から想像して本文を読み込んでゆくうち、自分の身体の内にその作品の世界がジンワリと染み込んでくるような、不思議な感覚に包まれるような気がして、表現することの難しさとは別に、これもまた能の持つ面白さの一つかなと感じております。

　わけあって前著『能のうた』に入れられなかった曲が四つあります。それは『羽衣』と『井筒』『三輪』『龍田』です。

　『羽衣』はあまりにもポピュラーすぎて、何をどう解説したらよいのか。『井筒』の世界観も既に語り尽くされた感があり、今さら私が何をどう解釈するのか。そして『三輪』と『龍田』

に至っては、背景にある大和建国にまつわる神代からの歴史が難解に過ぎて、これをどう解釈し、平易に解説したらよいのかが纏《まと》まらず、前回はスルーしてしまいました。

続編を書かせていただけるならば、この四曲は外せないと考えておりました。充分に語り尽くすところまでは至りませんでしたが、私なりの解釈を展開してみました。他の曲につきましても、例によって状況証拠から導きだした空想・妄想でお話し申し上げております件《くだり》が多うございますので、学術的なことはさておき、皆さまが想像の翼を広げて能を楽しんでいただける一つのキッカケになれば何より幸いでございます。

また、本書では平成三十年に私が復曲上演した、番外曲の『鈴木三郎重家』も取り上げました。鈴木氏のルーツは熊野です。熊野、そして藤白の地に身を置いて、鈴木三郎重家や、弟の亀井六郎重清に想いを馳せつつ深く深く呼吸すると、古代から脈々と続く自らの祖先との繋がりのようなものが感じられ（もちろん、それは気のせいでしょうけれど）、「よぅ来たのぅ」と優しく声をかけられたような気がしました。この曲はこれからも大切に勤めてゆきたいと思います。伝承によれば鈴木三郎重家は、故郷を離れて奥州高館へと主君源義経の後を追い、ついに帰郷することはなかったといいます。ゆかりとなった奥州の地はもちろんですが、是非とも藤白、そして熊野の地に里帰りさせ、繰り返し繰り返しこの曲を上演してゆきたいと考えております。

日頃の舞台活動においても、またこのような復曲作業や執筆作業におきましても、師匠である観世喜之先生はじめ多くの先輩、後輩の先生方のご理解とご協力、そしてご指導に支えられて充実した仕事をさせていただけることの喜びを、つくづくと感じ噛みしめております。またこの「能楽」という仕事を通して、今までまったく知る由もなかった多くの素敵な方々とのご縁を得ましたことは、何よりかけがえのないことと存じ、ただただ感謝の念に堪えません。

さて、今回も新典社編集部の田代幸子氏にはいろいろとお手数をお掛けしました。当初の予定を一年以上も遅れた上に、相変わらずの拙い私の原稿に懇切丁寧に向き合ってくださったことに心より御礼を申し上げます。

そして何より、私が書き散らした原稿を首尾よく整理し、また万事において愛情深く笑顔でサポートしてくれている「劇団ふたり」の相方、妻の秀子に感謝し、本書を捧げたいと思います。

令和二年　立春

鈴木啓吾拝

参考・引用文献

【能楽】

『謡曲大観』佐成謙太郎 著（明治書院）

『謡曲全集』國民文庫刊行會 編（國民文庫刊行會）

『歌論集　能楽論集』久松潜一・西尾實 校注、日本古典文学全集（岩波書店）

『能楽ハンドブック』戸井田道三 監修、小林保治 編（三省堂）

『月刊　観世』（檜書店）

『謡曲用語辞解』鈴木征彦 著（檜書店）

『能　本説と展開』増田正造・小林責・羽田昶 編（桜楓社）

『描かれた能楽　芸能と絵画が織りなす文化史』小林健二 著（吉川弘文館）

『芸能文化の風姿　その曙から成熟へ』児島建次郎 著（雄山閣出版）

『能　中世からの響き』角川叢書2　松岡心平 著（角川書店）

『能楽大事典』小林責・西哲生・羽田昶 著（筑摩書房）

［文学］

『古事記』増補新版　梅原猛 著（学研M文庫）
『新訂 新訓 万葉集』佐佐木信綱 編（岩波文庫）
『古代歌謡集』土橋寛・小西甚一 校注、日本古典文学大系（岩波書店）
『古今和歌集』西下經一 校註、日本古典全書（朝日新聞社）
『古今和歌集 現代語訳つき』高田祐彦 訳注（角川ソフィア文庫）
『後撰和歌集』松田武夫 校訂（岩波文庫）
『拾遺和歌集』小町谷照彦 校注、新日本古典文学大系（岩波書店）
『後拾遺和歌集』久保田淳・平田喜信 校注、新日本古典文学大系（岩波書店）
『和漢朗詠集』川口久雄 全訳注（講談社学術文庫）
『詞華和歌集』松田武夫 校訂（岩波文庫）
『千載和歌集』久保田淳 校注（岩波文庫）
『新訂 新古今和歌集』佐佐木信綱 校訂（岩波文庫）
『新古今和歌集』久保田淳 訳注（角川ソフィア文庫）
『大和物語詳解』武田祐吉・水野駒雄 著（湯川弘文社）

『伊勢物語』阿部俊子 全訳注（講談社学術文庫）

『竹取物語 伊勢物語必携』鈴木日出男 編（学燈社）

『源氏物語湖月抄』北村季吟 著、有川武彦 校訂（講談社学術文庫）

『平家物語』梶原正昭 校注（桜楓社）

『平家物語ハンドブック』小林保治 編（三省堂）

『平家物語必携』梶原正昭 編（学燈社）

『保元物語 平治物語』永積安明・島田勇雄 校注、日本古典文学大系（岩波書店）

『神楽歌 催馬楽 梁塵秘抄 閑吟集』臼田甚五郎・新間進一・外村南津子 校注・訳、新編日本古典文学全集（小学館）

『古典文学基礎知識必携』小町谷照彦 編（学燈社）

『無名抄 現代語訳付き』久保田淳 訳注（角川ソフィア文庫）

『義経記』島津久基 校訂（岩波文庫）

『古今著聞集』小林保治・西尾光一 校注、新潮日本古典集成（新潮社）

『太平記』兵藤裕己 校注（岩波文庫）

『舞の本』麻原美子・北原保雄 校注、新日本古典文学大系（岩波書店）

『弘長百首』国文学研究資料館 新日本古典籍総合データベース

『漢詩鑑賞事典』石川忠久 編（講談社学術文庫）

〔宗教〕

『法華経新講』久保田正文 著（大法輪閣）
『仏性とはなにか 『涅槃経』を解き明かす』田上太秀 著（大蔵出版）
『國文学 解釈と教材の研究』「特集 仏教」第44巻 第8号 通巻643号（学燈社）
『般若経典』中村元 著、現代語訳大乗仏典1（東京書籍）
『般若心経・金剛般若経』中村元・紀野一義 訳註（岩波文庫）
『図説「理趣経」入門 密教の核心』大栗道榮 著（すずき出版）
『役行者と修験道の世界』図録（毎日新聞社）
『寂聴 般若心経 生きるとは』瀬戸内寂聴 著（中公文庫）
『週刊 古寺をゆく』「宝厳寺と湖北の名刹」別冊7号（小学館）
『週刊 古寺を巡る』「東寺 五重塔が迎える弘法大師の寺」3（小学館）
『週刊 原寸大日本の仏像』「東寺①不動明王と立体曼荼羅」No.4（講談社）
『仏教用語事典』須藤隆仙 著（新人物往来社）

〔歴史〕

『風土記』吉野裕 訳（東洋文庫）
『日本霊異記』原田敏明・高橋貢 訳（東洋文庫）
『現代語訳　吾妻鏡』五味文彦・本郷和人 編（吉川弘文館）
『歴史読本』「平清盛と平家の興亡」第30巻　第7号（新人物往来社）
『歴史読本』『古事記』『日本書紀』と古代天皇」第49巻　第1号（新人物往来社）
『歴史読本』「歴史検証『日本書紀』天皇の誕生・日本の成立」第52巻　第14号（新人物往来社）
『古事記・日本書紀を歩く　神話・伝承の世界』林豊 著（ＪＴＢキャンブックス）
『源義経の謎　徹底追跡 戦乱に明け暮れた31年の生涯』菊池紳一 編、別冊歴史読本（新人物往来社）
『天狗と天皇』大和岩雄 著（白水社）
『遊女と天皇』大和岩雄 著（白水社）
『大和誕生と神々　三輪山のむかしばなし』田中八郎 著（彩流社）
『歴代天皇事典』高森明勅 監修（ＰＨＰ文庫）
『神奈備　大神　三輪明神』三輪山文化研究会 編（東方出版）
『天狗と修験者』宮本袈裟雄 著（人文書院）

［人物、その他］
『最澄』栗田勇 著（新潮社）
『菅原道真』坂本太郎 著、人物叢書（吉川弘文館）
『采女　献上された豪族の娘たち』門脇禎二 著（中公新書）
『国語国文学手帖　文学資料とガイド』尚学図書言語研究所 編（小学館）
『蒲団　一兵卒』田山花袋 作（岩波文庫）

［写真協力］（敬称略・五十音順）
岩田アキラ・駒井壮介・桜沢哲夫・芝田裕之・中村純子・吉越研

鈴木　啓吾（すずき　けいご）

1963年，千葉県生まれ。

観世流シテ方能楽師。（公社）観世九皐会所属。（公社）能楽協会会員。（一社）日本能楽会会員。重要無形文化財（総合指定）保持者。（一社）一乃会 代表理事。

一乃会 神楽坂 遊楽スタジオ代表。

明治大学在学中に緑泉会・藤村健に師事。卒業後，観世九皐会・三世観世喜之に内弟子として入門，師事。1993年，独立。

観世九皐会，緑泉会での演能活動を中心に，1997年から自らの研究公演『一乃会』を主宰。能楽普及を目的としたイベントを企画・主催。能の言葉の響きに着目した謡の催し「ことのはかぜ」を2005年から，講談と併せて楽しむ謡の催し「古典をことばで旅する ことのはかぜ」，舞台映像を見ながら能を解説する「遊楽のひととき」を2010年から継続的に開催。

1991年「千歳」（翁），1996年「猩々乱」（双之舞ツレ），2000年「石橋」（大獅子ツレ），2001年「道成寺」，2012年「隅田川」，2013年「砧」，2017年「安宅」，2020年「翁」を披く。著書に『能のうた―能楽師が読み解く遊楽の物語―』（新典社，2014）。

一乃会公式ＨＰ　http://ichi-no-kai.jp

続・能のうた

―― 能楽師が読み解く遊楽の物語 ――　　新典社選書 95

2020 年 3 月 10 日　初刷発行

著　者　鈴木　啓吾

発行者　岡元　学実

発行所　株式会社　新典社

〒101－0051　東京都千代田区神田神保町1－44－11

営業部　03－3233－8051　編集部　03－3233－8052

ＦＡＸ　03－3233－8053　振　替　00170－0－26932

印刷所 惠友印刷㈱　製本所 牧製本印刷㈱

ISBN 978-4-7879-6845-6 C1374

http://www.shintensha.co.jp/　E-Mail:info@shintensha.co.jp